特鲁瓦格罗

[日]山内健司 著
韩冰如 译

上海文艺出版社

角色表

齐藤遥子　女性，貌美肤白。
齐藤太郎　遥子的丈夫，40岁左右。
添岛和美　女性，比遥子年长，丰乳貌美。
添岛宗之　和美的丈夫，50岁左右，人称"专务"。
田之浦修　男性，30~35岁之间。
齐藤雅人　男性，40~45岁之间。
添岛照男　添岛夫妇的儿子，20~25岁之间。

开场（变换场景，无需暗场）

幽静的住宅区。

在添岛专务那栋，路易斯巴拉干风的别墅里——此处的设定为露天的阳台。

舞台的中央有巨大的墙壁，阳台的左右以及墙壁正下方的三面有长椅，可以坐下休憩。

左右两侧有道路可以通向墙壁后面。墙壁的后面大概是走廊和起居间。

舞台的上场口是通向玄关的路。

舞台的下场口有台阶，可以从阳台直接通往二楼，二楼是浴室和主人的卧室等。

从这儿可以远眺砧公园。

那是2014年，东京，初冬的夜晚。近年来即使已是初冬，也会有天气闷热的日子。

齐藤遥子从舞台上场口，墙壁的深处走了出来。身着miu miu高雅的蓝色无袖连衣裙，手里拿着鸡尾酒杯和手机。一会儿低头看看手机，一会儿抬头看向公园的景色，轻声哼着歌。露台上随意放着CD播放机，几张CD，几个杯子，烟灰缸。看起来派对快要临近尾声。

田之浦修走了过来，看到她（齐藤遥子）叹了一口气。
齐藤遥子瞥了他一眼，轻微点头示意。

田之浦　啊。

田之浦以平常自然的方式又叹了一口气。
从墙的后面，传来几声笑声。
齐藤遥子神色微妙，微微颔首，走到了墙壁后面（哦，她的手机忘在了一旁的桌子上。而田之浦并没有注意到这事。）
此时，添岛专务的妻子——和美走了过来。站到了齐藤遥子刚才站的地方，手里拿着加了冰块的威士忌。身着一件低胸的香奈儿晚礼裙，露出傲人双峰。黑色晚礼裙上点缀着一条华丽的坎肩。
和美看着田之浦。
和美轻蔑地笑了笑。

田之浦 哎，你笑什么呀？

和美 啊，没笑什么。

田之浦 哎呀，怎么说呢，夜晚总让人觉得……

和美 哎，你认识吗？刚才那一位。

田之浦 哪一位？

和美 就刚刚，站在这里的那位女士。

田之浦 啊，刚才那位。

和美 对的。

田之浦 不，不认识。

和美 刚才你一直在盯着看，我以为你们……

田之浦 什么？你说我刚才在盯着看吗？

和美 是的。

田之浦 哪有啊，是，是因为她正好站在这儿。

和美 你认识她吗？

田之浦 不不不，我刚才还在想这是哪位来着。

和美 齐藤小姐。

田之浦 齐藤小姐？

和美 齐藤先生的夫人。

田之浦 噢，原来是齐藤先生的夫人啊。

和美 是的。

田之浦 原来如此，是齐藤先生的夫人啊。

和美 你认识齐藤先生吗？

田之浦　齐藤先生？不，也不认识。

和美　就是，刚才派对开始的时候，发言的那位。

田之浦　啊，不好意思，我刚才迟到了一会儿。

和美　啊，原来如此。

田之浦　不好意思。

和美　哪里哪里。

田之浦　抱歉，手上的工作，实在脱不开身。

和美　哪里哪里，不必介意，今晚的派对无须客套。

田之浦　谢谢理解。派对上的每样东西都很美味，真的不错。

和美　噢，太好了。

田之浦　意大利面呀。还有那个，用橄榄油拌的，那个蔬菜。

和美　你喜欢吗？像她那种类型的人。

田之浦　什么？

和美　遥子小姐，齐藤先生的夫人。

田之浦　咦，为什么这么问？

和美　只是随便问问而已。你喜欢吗？那种类型的女性。

田之浦　齐藤小姐吗？不不。

和美　不不是什么意思？

田之浦　哎呀，什么喜欢不喜欢的，谈不上。

和美　是吗？

田之浦 嗯。

和美 那么说就是不喜欢了？

田之浦 不不，谈不上喜欢呀，讨厌呀之类吧。

和美 可是，刚才……我好像听到你叹了口气。

田之浦 叹气？

和美 是啊。

田之浦 不会吧，谁叹气了，是我吗？

和美 嗯，感觉很难过的样子。

田之浦 哈哈哈。说笑了，我有什么难受的呀。

和美 是吗？但是，你刚才明明叹气了。

田之浦 没有没有，没有什么难过的叹气，真不知道你在说什么。

和美笑了起来。

田之浦 笑什么？

和美 没笑什么，不好意思。

田之浦 ……不过，话说回来，齐藤先生的夫人，给人的感觉不错。

和美 是吗？嗯，给人感觉很好。啊……果然是这样。

田之浦 哈哈，我不是那个意思！

和美 ［吃吃地笑］

田之浦　嗯，怎么说呢。就是……

和美　嗯？

田之浦　手臂给人的感觉……

和美　啊，手臂。

田之浦　是的。

和美　这里吗？

田之浦　对的。

和美　原来是这样。

田之浦　……

田浦盯着和美的手臂看。

和美　讨厌死了，我手臂太粗了，别看了！

田之浦　啊，是吗？

和美点了点头。

田之浦　哪里，没有那回事。

和美　才不是呢，别往这儿看了。

和美的衣服也是无袖款，只是她把两条手臂藏进了坎肩里。

田之浦　嗯，有吗？不过……无论怎么看都一点也不胖啊。
和美　　和遥子小姐比的话，是粗了很多呢。
田之浦　啊……不，有吗？你这么说的话，倒是有些脂肪。
和美　　脂肪？你说我有脂肪，你的意思是说，实际上我……

话说到一半，添岛宗之（专务、这座宅邸的主人）走了过来。

宗之　　川岛先生要回去了。
和美　　啊，好的，知道了。

和美继续对着田之浦说道。

和美　　难道没看出一点胖的感觉吗？
田之浦　哪有，一点也不胖。
和美　　但是，真的有啊……夏天的时候，像这里，手都不敢碰。这儿，噗噜噗噜一堆肉。
田之浦　啊，真的吗，但是有点难以置信。
宗之　　哎，干什么呢？快进来，人家要走了。
和美　　哎？
宗之　　要走了，川岛先生他们。
和美　　亲爱的，求你了，我不去送行不行。
宗之　　至少也得道个别吧。

和美　　求你了,我不想去啦。
宗之　　又不是小孩子了。田之浦先生,失陪一会儿。
田之浦　啊,请便。
宗之　　快进来。

宗之向玄关走去,和美也没跟田之浦打招呼,一脸不满地跟了上去。
田之浦礼貌性地点头示意了一下。

田之浦　啊啊!

田之浦长叹一口气坐到沙发上,轻声学着刚才和美的口气。

田之浦　讨厌,我手臂太粗了,别看啦!

说完自己笑了起来。
这时,齐藤雅人走了过来。也拿着杯子,不知是否是错觉,满脸倦容。

雅人　　你好。
田之浦　你好。
雅人　　咦,添岛呢?

田之浦　啊，添岛夫人她刚去玄关那儿了。

雅人　　不不，我说的是添岛先生。

田之浦　一起过去了，好像是去送客人了吧。

雅人　　啊，是么……那就算了。[一副去了也没有办法的样子]啊，您是……田之浦先生吧！

田之浦　是的。

雅人　　对不起，现在才和您打招呼，刚才就觉得有点眼熟。

田之浦　您言重了，不必客气。

雅人　　不好意思，刚才和其他的客人聊得太投入。

田之浦　是吗。

雅人　　……我们见过吧，应该是那时候，去年圣诞节的时候。

田之浦　嗯。

雅人　　在六本木，丽思卡尔顿。

田之浦　啊啊，是的。

雅人　　想起来了吧？

田之浦　您那时也在场吗？

雅人　　在的在的。

田之浦　啊，是吗。这么说来，的确在哪儿见过。

雅人　　是吧。

田之浦　……啊，对不起，我记不清了。

雅人　　哪里哪里，不用介意。

田之浦　对不起，该如何称呼您？

雅人　　[几乎同时]啊，想起来了，您是在丰田高就吧！

田之浦　是的，没错。

雅人　　我说得对吧。

田之浦　想起来了，是这样啊，去年。

雅人　　是啊，须藤先生介绍的。

田之浦　原来是这样，幸会幸会，不好意思啊。

雅人　　哪里哪里，言重了。

田之浦　真是的，大概喝多了。

雅人　　那个，当时，我还说了我外甥的事，他也在丰田工作。

田之浦　啊，是吗？

雅人　　现在他人在马来西亚。

田之浦　……哦，对对对，您说过这事。

雅人　　是吧。

田之浦　对对对，我想起来了，须藤先生介绍的。

雅人　　嗯。

田之浦　对对。

雅人　　您果然还记得对吧！

田之浦　是的，对不起，终于想起来了。

雅人　　太好了。

田之浦 不好意思不好意思。
雅人 太好了,您好,我是齐藤。
田之浦 啊,齐藤先生。
雅人 对。

停顿。

田之浦 啊,所以,您是,齐藤太太的……丈夫。
雅人 嗯?
田之浦 啊,我刚在这儿碰到了齐藤太太,您是她丈夫?
雅人 不不,今天我是一个人来的。
田之浦 噢,是这样。
雅人 嗯,怎么说呢,现在我是单身。
田之浦 是我弄错了,完全弄错了。
雅人 你可能说的是那位。
田之浦 哪一位?
雅人 就是刚才开场作演讲的那位。
田之浦 嗯。
雅人 应该是那一位,叫齐藤。他是位设计师。
田之浦 设计师。
雅人 是啊,Sun-ad 公司的设计师。
田之浦 原来是这样,所以,有两位齐藤先生。

雅人　　是啊。

田之浦　所以，连那位齐藤太太在内，一共有三位。

两个人正说着，齐藤太郎走了过来，看上去在找他太太。

雅人　　您好，这位就是。
太郎　　您好。
雅人　　真是说曹操，曹操到啊！
太郎　　什么意思？
雅人　　哦，这位就是刚才说的齐藤先生。
田之浦　您好。
太郎　　您好。
雅人　　[对着太郎]我们刚才还在说您的事情呢。
太郎　　哦，是么。
雅人　　这位先生，把我和您弄错了，因为都叫齐藤，所以认错了。
太郎　　是容易搞混呢。
雅人　　我介绍一下，这一位是田之浦先生。
田之浦　您好，我叫田之浦。
太郎　　您好，我叫齐藤。我有些想不起来了……
雅人　　他在丰田工作。
太郎　　哦，在丰田。

田之浦　是的，〔拿出名片〕我叫田之浦。
太郎　　啊，你好，你好。对不起，我的名片刚才发完了。
田之浦　没关系。
太郎　　我叫齐藤。
田之浦　啊，您好。
太郎　　齐藤太郎。
田之浦　啊。
太郎　　然后这位是齐藤雅人，虽然姓相同，但并不是兄弟。
雅人　　对，没有任何关系。
田之浦　原来如此。

哈哈哈，三人一笑化尴尬。
太郎一边看名片，一边问道。

太郎　　嗯，我们曾在哪儿见过吗？
田之浦　不不，应该是第一次见，我和添岛专务的夫人有些生意上的来往。
太郎
＋
雅人　　哦哦，是这样。
　　　　哦。
田之浦　是啊。

太郎	那您和齐藤先生，也是因为生意上的关系认识的吗？说齐藤先生，总感觉有点怪怪的。[笑]
雅人	哈哈哈。[笑]
田之浦	不不，和他去年见过一面……今天，算是久别重逢了。
雅人	是的。
太郎	啊，是这样……那今天见到，您没有吓一跳吧？
田之浦	吓一跳？
太郎	他变化很大呀。
雅人	哈哈哈。
田之浦	变化很大？
太郎	是啊，去年见的时候，还是这么胖[比划]，对吧！
雅人	那时90公斤。
田之浦	什么！90公斤。
雅人	是的。
田之浦	那，当时在酒店见到的时候也是……
雅人	嗯，当时还是胖成那样。
田之浦	难怪，今天一见认不出来了。
雅人	是吧。
太郎	是啊。

田之浦 那么认不出来也是情有可原啊。

雅人 是啊。

越聊越热络，一片和谐。

田之浦 原来是这样。后来怎么瘦下来了，减肥？

雅人 没有，生了一场病。

田之浦 生病？

雅人 胃，切了一刀。

太郎 是的。

田之浦 什么，胃切了一刀？

雅人 对啊。

田之浦 是这样。

雅人 是的。

田之浦 切了一刀是指？

雅人 嗯，几乎全部切除了。

太郎 是的。

田之浦 哎，是这样啊。

雅人 嗯。

话音刚落，齐藤遥子走了过来。

遥子	这么说也许有些失礼，不过，真的太让人吃惊了。
雅人	让人吃惊？
遥子	看上去气色很好。
雅人	是吗。
太郎	怎么了，刚才去哪儿了？
雅人	［撞上台词］不过，这儿，我有涂东西。
遥子	哦？
雅人	觉得，有点苍白不太好，所以就……稍微用了点化妆品。
太郎	啊，是吗，完全看不出来。
遥子	涂得非常自然啊。
雅人	是吗？我也是第一次化妆。
太郎	是吗。特别自然，对吧？
田之浦+雅人	是啊。
雅人	多谢，见笑了。
太郎	用的是什么？
雅人	嗯？
太郎	用的是粉底液？还是遮瑕？
雅人	是粉底液，FANCL 的。
太郎	哦哦。

遥子笑了，大家都陪着笑了。

太郎　　嗯，什么呀。
遥子　　就是那个呀。
太郎　　嗯？
雅人　　是吧，［对着田之浦］是吧。
田之浦　是啊。
遥子　　真的……不过。
太郎　　好吧（就这样吧）……话说回来，遥子，刚才你去哪儿了？
遥子　　在对面，和主人夫妇在一起。
太郎　　哦，是这样。那，差不多我们就聊到这儿吧。
遥子　　嗯，是啊，差不多了。
雅人　　话说回来，夫人您，真的很白皙啊。
遥子　　很白？
田之浦　是啊。
太郎　　是啊，是很白。
遥子　　有吗？
雅人　　嗯嗯，您的皮肤非常白。
田之浦　的确如此。
遥子　　啊，到底是什么意思？齐藤先生。
雅人　　嗯？就是说，皮肤白，很漂亮的意思，就是这个意思。

遥子 是吗？

田之浦 完全赞同。

遥子 哎，这究竟是想说什么？

太郎 啊，是的。我太太以前就很白。正所谓"一白遮百丑"对吧。

遥子 是啊是啊，皮肤的确是白，就只有皮肤白而已，谈不上漂亮。

太郎 哈哈哈。

雅人 原来如此。

越聊越热络，一片和谐。

太郎 那，我们就先告辞了。

遥子 嗯。

雅人 好的。

太郎 ［对着遥子］专务，在对面对吧。

田之浦 ［撞上台词］怎么说呢，也没那回事啊。

太郎 什么？

田之浦 一白遮百丑……嗯，根本没有丑需要遮啊。

太郎 哦？

田之浦 也就是，完全没必要遮挡什么，因为一点也不丑。

太郎　　哦哦。

雅人　　对，我也觉得。

田之浦　很完美。

雅人　　完美。嗯？

田之浦　和刚才齐藤先生说的一样，我也觉得。

太郎　　啊？

雅人　　哦哦……哪位齐藤？

田之浦　啊，当然，［指向雅人］是这位。

雅人
+
太郎　　哦。
　　　　哦。

太郎　　哎呀，你们别奉承了！

田之浦　啊，对不起，完全没有拿您开涮的意思。

太郎　　不不，当然，我完全没感觉到被开涮了。

田之浦　啊，那就好，那就好，［对雅人］是吧？

雅人　　……嗯。

遥子　　啊，不好意思，现在问有些晚了。

雅人　　什么？

遥子　　这位是？

太郎
+
雅人　　哎呀。
+　　　　哎呀。
田之浦　哎呀。

雅人　　啊，这位是田之浦先生。

田之浦　不好意思一直没有自我介绍，我叫田之浦。
遥子　　啊，我叫齐藤，是齐藤的太太。
田之浦　啊。

遥子用眼神向丈夫询问"太郎，是你之前就认识的人吗？"

太郎　　啊，我也是刚才才认识这一位。
雅人　　嗯。
遥子　　［对田之浦］对不起，这都快要结束了，才问起您。
田之浦　哪里哪里，我迟到了很久。
遥子　　啊，所以您刚才。
田之浦　刚才？
遥子　　就是，不断喘着气，好像在调整呼吸。
田之浦　啊。
太郎　　啊，是这样。
田之浦　是啊，刚才是有点，哎呀，真是不好意思。
雅人　　……他呀，在丰田工作。
遥子　　哦，丰田？就是那个有名的丰田公司？
田之浦　是的，就是丰田汽车公司。
遥子　　哦，就是，皇冠汽车的公司。
太郎　　哦，你知道的真不少啊！

田之浦	是的,不过,我从事的是普锐斯,就是皇冠的下一代的车型。
遥子	普什么斯……是什么?
田之浦	普锐斯,混合动力车。
遥子	听上去很厉害的样子。
雅人	对吧。
太郎	从事……指的是那个,开发的工作,是吗?

四个人聊天时,添岛夫妇一边说着话,一边走了过来。

宗之	真的吗?
和美	真的。
宗之	你真的确认过吗?
和美	确认过啦。

添岛夫妇的身影出现在舞台上。

和美	啊。
太郎	哎呀,正要去找你们呢!
和美	是呀。
太郎	是啊,今晚打搅了太长时间。
遥子	真的是太感谢你们的盛情款待。

和美　实在不好意思，都没能好好和你们说上话。

太郎　不不不，哪里的话。

和美　可以再占用你们一会儿时间吗？还想好好和你们聊聊。

太郎
＋
遥子　这……
已经打扰这么长时间了……

宗之　不好意思，刚才，感觉今晚川岛先生的太太兴致特别高。

太郎　哦哦，川岛先生。

和美　哎呀，都是说些自己怎么怎么厉害的事儿，实在受不了。

太郎　哈哈哈。

宗之　别这么说。

和美　我又没说错，刚才说伊索寓言里熊的故事，那说的是我吧。

宗之　算了，不也挺好的吗，好了不提这事了［★1］来，继续喝，继续喝。

太郎　啊，怎么好意思，吃了好多，也喝了好多。今晚真的很尽兴，对吧。

遥子　是啊是啊，真的非常尽兴了。

和美　［★1开始台词重叠］和我说的每一句都在讽刺我，本来那种人就只会考虑自己吧。［注意到田之浦] 啊，田之浦先生，您也在啊。
田之浦 是啊。

和美介绍遥子。

和美 来我给你介绍一下……哦，你们已经介绍过了？
田之浦 哦哦，是，刚才他们介绍过了。
遥子 是的。
和美 是吗，那太好了。田之浦先生，好像对遥子小姐非常在意呢。
遥子 对我？
田之浦 [笑] 不不不，哪有。
和美 难道不是吗？刚才不是还说，很喜欢她的手臂。
田之浦 啊。
太郎 手臂？什么？
和美 是啊。
太郎 遥子的？
和美 是啊，说她的手臂很好看。
太郎 哎。
雅人 哎。
宗之 哎。
田之浦 不不，那是因为，那个……

遥子有些在意自己的手臂，周围的人也看着她的手臂。

宗之　　原来如此，是不错啊。

太郎　　嗯，是，刚才有说到这个，所以，嗯。

遥子　　哎，哪有啊。

和美　　［接过话茬］哎，刚才也谈到了？

太郎　　嗯。

和美　　说到这个了？

太郎　　嗯，算是。

田之浦　［同时］嗯？说到这个了？什么？

太郎　　不不，刚才不是说，没什么。

雅人　　嗯，是呀，我也有同感。对吧？

太郎　　什么？

雅人　　就是那个，就是算是我也……觉得……

和美　　嗯，觉得什么？

雅人　　就是，田之浦先生说的那种感觉。

田之浦　不不，我只不过是……

雅人　　嗯，以前住院的时候，倒不会有这种感觉。

和美　　……啊，嗯［瞥了一下］齐藤先生……

雅人　　什么？
＋
太郎　　什么？

和美　　啊，对不起，一瞬间搞不清谁是谁了。

雅人　　啊，是叫我吗？
和美　　啊，实在是有些，那个，怎么说，是瘦了不少啊。
宗之　　嗯，真的是，真的是瘦了很多。
雅人　　啊，不过，刚才那个已经，在那边的时候，是吧。
宗之　　是啊，不管怎么说，我们都不觉得眼前这个人是齐藤先生了。
雅人　　嗯，是啊，我自己也觉得，好像已经不是自己了。
宗之　　哎呀，不过，这么说有些不合适，我觉得这样反而看起来更健康啊。
雅人　　是。
和美　　[没有笑]真是，很健康。

宗之点了支烟，已经抽了起来。

宗之　　哦，对了，这么说来您已经把烟也戒了吧？
雅人　　嗯，是，基本算是戒了。
宗之　　抱歉，那我也不抽了[把烟掐了]。
雅人　　不不，完全没关系。
宗之　　是吗……不过，不抽也对身体好。
雅人　　[笑]是啊。
宗之　　我曾经戒过一回。
太郎　　对的，您戒过烟。

宗之　　不过，压力太大,所以又抽起来了。

雅人
＋
太郎　　啊！
＋
田之浦　啊！

太郎　　对。

和美哼了一声,冷笑。

宗之　　啊,不过,说回来,戒了烟,吃饭也香了吧。

雅人　　啊,那个目前,我还不能吃硬的东西。

宗之　　啊,是这样啊。

雅人　　嗯,估计还需要一些日子。

宗之　　哦……那个,刚才说什么来着……啊,谈到手臂。说遥子小姐的手臂很漂亮。

遥子　　哎。

太郎　　噢,这个话题。

田之浦　不不,这话题已经可以……

宗之　　不不,你竟然说出来了。

田之浦　啊。

宗之　　对,其实呀,我今天一直想说那个来着。[对着妻子]是吧。

和美　　……

宗之　　也是，无论是多好的朋友，我觉得说出口总是有些冒犯。但是，换个思考方式，在她丈夫面前这么说出来，其实也并没什么，也不用内疚什么吧，反正我是这么认为的。遥子小姐的双臂。也就是说，又光滑又白皙，白得让人感到目眩。

遥子，太郎苦笑。

太郎　　啊，算是吧。
宗之　　哎，不过，这算是性骚扰吧？
和美　　这还用问吗！
宗之　　唉，是呀，肯定算性骚扰。
和美　　对的。
宗之　　不过，我只是单纯想赞美一下。
和美　　赞美也好，贬低也好，凡是能让女性感觉到不愉快的，统统算是性骚扰。

遥子苦笑着。

宗之　　是吧，的确，在公司里估计就成问题了。
和美　　当然。
田之浦　啊，不过吧。

太郎　　［同时］但是，也没到那么严重的程度。啊，那么（我们差不多该走了）。

宗之　　不过，最重要的还是遥子小姐的态度，你对这种赞美怎么看？

遥子　　啊。

宗之　　对你的赞美，你怎么看呢？

遥子　　啊，是啊……嗯，还是很开心的。田上先生，多谢您赞美我的手臂。

田之浦　哪里哪里。

雅人　　他不叫田上，叫田之浦。

田之浦　是的。

太郎
＋
宗之　　［同时］哎呀，对对对。嗯。

遥子　　啊，对不起，田之浦先生。对不起，我记错了。

田之浦　没关系。

遥子　　嗯，我很开心。不过，刚才这样说出口，感觉有些怪怪的。

太郎　　为什么？

遥子　　你想啊，赞美我的手臂，就感觉好像是，我有什么特别的技术一样。［译者注：日语中，技能很厉害也是用手臂来比喻的，一语双关。］

除了和美其他人都发出"是啊","的确"的反应。

雅人 听起来好像是手艺人。
宗之 嗯,像是厨师长。
遥子 还有格斗。
田之浦 [笑]格斗。

大家聊得很愉快,一片和谐时,和美准备走出去。

宗之 你要去哪儿?
和美 去拿点酒,齐藤先生,我再拿点酒来吧。
太郎 + 雅人 啊,不用了。
雅人 我已经不行,不能再喝了。
太郎 [同时]我们也要准备告辞了。
和美 嗯,但是。
太郎 那就告辞了。
遥子 是的。
和美 但是。
宗之 啊,那再给我来一杯吧。
和美 好。

和美向其他房间走去。

宗之　　来,大家坐啊。
太郎　　但是。
宗之　　来来来,这儿还不错吧,凉风习习。
雅人　　是啊。
宗之　　来,坐坐坐。
太郎　　啊,那就再坐一会儿吧。

大家,在就近的椅子上坐了下来。

宗之　　嗯……我记得,小说里……川端康成的小说里,有一篇是叫《片腕》。
太郎　　《片腕》?
宗之　　你知道?
太郎　　不知道。

其他的男性,也纷纷表示不知道。

雅人　　还真不知道。
宗之　　我记得……讲的是,有个年轻女性把自己的一只手臂借给像我这样年纪的男人的故事。我刚才一下子想起了这个故事。

太郎　　哎。

雅人　　哎，借手臂？那，那是怎么样……怎么弄的？

宗之　　啊，大概就像这样，咔嚓一下，拧下来，说一声"借给你了"。大概就是这个样子吧。

雅人　　啊，是机器人吗？

宗之　　不不，也不是那样。怎么说呢更加，是那种，唯美的故事。

太郎　　是啊，川端的作品。

宗之　　对对。

田之浦　那个男人是独臂吗？

宗之　　男人？不不。

田之浦　男人有双臂，是正常人。

宗之　　嗯，男主角不是独臂。

田之浦　那，为什么那个年轻女性要借手臂给他呢？

宗之　　嗯，好像是因为那位女性的手臂很漂亮吧，大概是这样的情节。

太郎　　哈……

遥子　　好像，小说一开始就是那样。她说可以把这只手臂借你用一晚。

宗之　　对对对，啊，你读过？

遥子　　嗯，好久之前读过。开头的部分因为特别刺激，

|||所以只有那段一直记得,［宗之：难怪］后面是完全不记得了。
宗之|||嗯,但是。
遥子|||然后,那个男的那晚借走了那条手臂带回了家,替换成了自己的手臂。
宗之|||对对对,然后,装上去以后还和它说了好多话。
遥子|||嗯,对对对,是那样的。
宗之|||对吧。
雅人|||和手臂说话?
遥子+宗之|||是啊。
 |||嗯。
太郎|||嗯,与其说是机器人,不如说是人工智能的感觉。
宗之|||哎呀,我不是说了不是这种吗。
遥子|||不是科幻小说啦。
太郎|||啊,其实。
遥子|||是那种更……耽美的。
宗之|||对对对,是耽美的。
太郎|||不,刚才这话,我是故意这么说的。
宗之|||啊,是吗?
遥子|||真的?
太郎|||啊?

遥子	不会吧。
太郎	不不,真的。感觉就是故意才那么说的,对吧。
雅人	啊,是吧。[边说,边看田之浦]
田之浦	啊,刚才那话吗?

大家正说着,和美拿着放着酒和下酒小食的托盘走了过来。

太郎	啊,多谢,麻烦了。
雅人+田之浦+遥子	谢谢。
宗之	不用特地拿过来,我们去那边不就好了。
和美	那边,现在一团糟,那个,被派对拉炮弄得一塌糊涂。
宗之	哦哦。
和美	所以,我让加纳在打扫,来来来,别客气,都来拿一下。
太郎	啊,不过,都已经这个时间点了。
和美	[看都不看钟]啊,是吗,都几点了?
太郎	嗯?
和美	亲爱的,几点了?
宗之	嗯?这[★2]……什么吗?

和美　　[★2开始台词重叠]田之浦先生，几点了？

田之浦　不不，还早还早！

和美　　你看吧！

和美像抚摸孩子的头一样摸了摸田之浦的头。

遥子笑了。

气氛和谐。

太郎　　好吧，再喝一杯吧。

和美　　雅人先生喝果汁，对吧？

雅人　　啊，是的，多谢。

宗之　　啊，齐藤先生的名字是叫雅人吗？

雅人　　是的。

宗之　　亲爱的，你很早就知道吗？

和美　　那是当然，因为大家都叫齐藤啊。

太郎　　哈哈哈。

雅人　　也不是所有人。

宗之　　就是。

和美　　你想啊，这么小一个地方，就有三位齐藤。

太郎　　也确实。

大家越聊越开心，一片和谐。

和美　　不过呢,虽然都姓齐藤,后面的名字却……
宗之　　[同时开口]不过,对对,后面的名字不一样。

因为两人同时开口,所以妻子让他说了。

和美　　啊(算了)。
宗之　　不过也是,齐藤先生,酒还不能喝吧?
雅人　　嗯,是啊,还是不太能喝。
宗之　　今天,一点也没喝吗?
雅人　　嗯。
宗之　　是吗。
雅人　　一滴也没喝。
遥子　　真遗憾啊,您过去那么喜欢喝酒。
雅人　　嗯,是啊,不过,也没办法。
遥子　　嗯,不过,留得青山在,不怕没柴烧。
雅人　　啊。
遥子　　我也是,每次碰到痛苦的事的时候,都是这么想的。
雅人　　痛苦的事?
遥子　　是啊。
雅人　　哦,太太,您也有痛苦的事情?
遥子　　有啊,各种各样的。

太郎　　［笑］是什么？
遥子　　哎，干嘛？
太郎　　没有吧？
雅人　　是啊，齐藤太太应该没有什么痛苦的事吧？
遥子　　不用称呼我齐藤太太了，简单一些，遥子就可以了。
雅人　　嗯。

田之浦用几乎听不见的声音说。

田之浦　遥子就可以了。
遥子　　嗯？
田之浦　啊。

和美看到这副光景，轻声笑了。

太郎　　［对遥子］你没什么痛苦的事吧？
遥子　　嗯？
太郎　　不，或许也会有，但是也没有到齐藤先生那个程度吧，虽然都是叫齐藤。
雅人　　啊，也不是那么……
遥子　　……也是，对不起。

雅人　　不不，没事，完全没关系的，这种事。

停顿。

和美　　刚才，在聊什么话题呀？
宗之　　啊，刚才……
和美　　嗯，感觉大家聊得很起劲。
宗之　　啊啊[思考措辞]……
田之浦　不过，生病与日常生活中的痛苦——我觉得应该是没有办法比较的。
宗之　　嗯，那个……
太郎　　怎么说？
田之浦　刚才痛苦程度对比的话题，觉得应该是没有办法比较的。我是这么想的。
宗之　　啊啊。
雅人　　是的，我也这么认为。
田之浦　嗯，感情这种东西比较相对……
雅人　　相对，嗯，是的。
田之浦　嗯。
宗之　　嗯，我明白你的意思。这种事也是看每个人个人的感觉对吧，人不同感觉也不同。
田之浦　是啊。比如，现在叙利亚的国民，现在就生活在水深火热中吧。

宗之　……是啊，叙利亚的确是。

田之浦　嗯，实际上当地具体发生了什么，大家都不清楚，反正是一片兵荒马乱。

宗之　嗯。

田之浦　无论怎么想都还是觉得在日本好啊！

宗之　嗯。

田之浦　但是，日本几年前也发生过非常悲惨的事情，很多国家都很同情我们。

雅人　对的。

宗之　是啊。

田之浦　的确，再加上，比如，自杀率之类的，日本也是很高。

雅人　嗯，的确说是很高。

田之浦　是啊，所以，如果有人说很痛苦的时候，那种痛苦的程度，也许比起叙利亚国民也是有过之而无不及，或许是真的很痛苦。

雅人　……啊。

田之浦　所以说，不能一概而论。

太郎　嗯？难道这是在对我的批判吗？

田之浦　什么？不不，完全没有这个意思。哎，为什么会被这么认为。

太郎　　哎，但是，您在含沙射影地，不，很赤裸裸地。总而言之就是，你在批判我对内人说的那些话。难道不是吗？

遥子　　哎呀，你说什么呀！

田之浦　[同时]没有，完全没有那回事。

太郎　　可是，你，刚才有对我说了什么吧！

田之浦　我说什么了？我（什么都没说啊）。

太郎　　不不，总觉得，从刚才开始，你就一直冲着我来，只有我一个人这么觉得吗。

田之浦　完全不是这样的，齐藤先生。

太郎　　是吗？

田之浦　是啊，完全没这回事。

太郎　　是这样吗？

和美　　这件事，不是明摆着的嘛。

太郎　　什么？

宗之　　什么？什么明摆着的事情？

和美　　因为，田之浦先生对遥子小姐可是一见钟情了呀！

停顿。

宗之　　……啊。

田之浦　哈哈哈。
和美　　讨厌,竟然还笑。

田之浦笑得更夸张了。

和美　　想用笑声来掩饰你的害羞吗?

田之浦收住了笑容。

田之浦　不是。
和美　　不是吗?
雅人　　……田之浦先生。

田之浦眼里噙满了泪水。

田之浦　那是,那是因为……
和美　　[笑]不会吧,你哭了?
田之浦　[哭]又不是我一个人。
宗之　　说什么呢。
雅人　　……真是多愁善感啊,田之浦先生。

和美笑容渐渐消失,瞪了一眼丈夫。

遥子	对不起,那个,我丈夫说话没轻没重的。
田之浦	啊。
遥子	所以说。
田之浦	啊,不不。
遥子	亲爱的,你赶紧给田之浦先生道个歉,认真地。
太郎	哎,为什么要道歉?
遥子	[超小声]因为……他,不是哭了嘛。
太郎	[超小声]不,这个和我没关系吧,那是因为,刚才添岛夫人。
遥子	[超小声]但是因为在那之前,你那么咄咄逼人。
太郎	[超小声]哪有,我只不过说了一些想法而已,我又没有(对他做什么)。
遥子	[超小声]不过,就因为你的几句话,那个人才会特别紧张。
宗之	好了好了好了,也不是什么大不了的事(我太太就是开个玩笑)。
和美	嗯嗯,田之浦先生,你说得对。不是你一个人。所以别那么内心纤细啦,你看,在场的所有人,都很喜欢遥子小姐啊,不是你一个人啦,没关系的,好吗?
雅人+宗之	……啊。 哈哈哈。

和美	是吧,刚才大家都这么说啊,再加上,是当着本人和他先生的面说的啊,如果在他们背后说,那是有点让人觉得不舒服,不过当面说了,没什么不好啊。
宗之	是啊,刚才,我不是也说了。
和美	是吧,这个人,[指着丈夫]这个人上周开始就很激动,说什么"遥子小姐要来了"竟然做起仰卧起坐来了。
宗之	哪有啊……哎呀,干嘛要提这些,你喝多了吧?
和美	没喝多,倒是你自己,满脸通红的。
宗之	哎我脸红吗?那是,确实有点喝多了。
遥子	我觉得……
和美	不是喝多了,是猜对了你的心思,所以脸红了吧。
宗之	什么猜对心事
遥子	那个,我觉得没有那回事。
和美	咦,什么?
遥子	就是说……这位,好像是,丰田的……
田之浦+雅人/宗之/太郎	我叫田之浦。 他叫田之浦。

遥子　　啊，对！对不起，田之浦先生说我手臂很好看，其实，就只是说说手臂而已，没有其他意思。

和美　　哎，仅此而已？

遥子　　仅此而已。所以您不是说大家对我怎么样怎么样，但我个人觉得并没这回事。

和美　　哎，不好意思，我不明白您在说什么。

遥子　　啊，就是说……

和美　　也就说大家被遥子小姐迷得神魂颠倒这个事是我说错了？

遥子　　嗯，被我迷住什么的，完全没这回事。

和美　　没弄错呀，真的没弄错。

遥子　　弄错啦，完全不是这么回事。

和美　　但是，包括田之浦先生在内，雅人先生、就连这位齐藤先生，连我老公也都是的吧。

雅人　　啊。

宗之　　[同时]嗯。某种程度上，是这样没错。

遥子　　哎，但是但是，就是那个……我的手臂，大家就是夸了一下我手臂白，仅此而已。

宗之　　嗯。不过嘛。

和美　　[同时]那个，虽然刚开始的时候是这样的，但是现在已经不一样了，我从厨房回来之后，感觉气氛真的已经是大变样了。

遥子　　变了……哎，现在吗？

和美　　嗯。

遥子　　哎，怎么变了呢？

和美　　已经完全变了。气氛和世界。

太郎
＋
雅人　　嗯，这个。
＋　　　变了。
宗之　　哎，什么？
＋
田之浦　哎，什么意思。

遥子　　我不明白什么意思，你知道吗？

太郎　　气氛变了，是在说什么呢。

和美　　这个……我也说不出具体是什么。

太郎　　嗯。

宗之　　说不出具体（怎么可能说不出来）。

和美　　但是，总之说白了的话，就是在座的各位，已经彻底成了遥子小姐美色之下的，怎么说呢……美色之下的俘虏。

太郎　　啊？

和美　　俘虏。美色之下的。哎，但是，是这样的，我并不是在责怪遥子小姐什么的。我只不过是说出了事实。还请遥子小姐不要误会。

遥子　　哎，请等一下。那个，我真的不明白您说的是什么意思。

和美　嗯……没有什么明白不明白的,我不过是说出了事实。

遥子　等一下……那个,我没那么漂亮,或者说一点都不漂亮。

和美　哎,你在说什么呢,你很漂亮啊。

遥子　嗯[否定]。我真的一点都不漂亮。这么说来,我觉得夫人您才是大美人。

和美　说什么呢!别这样。

遥子　夫人您才是,和我一样皮肤都很白,而且,刚才……

和美　请别这样说。

遥子　而且您刚才说的,美色的俘虏对吗?要说性感的话,您那丰满的胸部(今天)

和美　啊?

遥子　您那丰满的胸部。今天从头到尾都散发着一种难以言表的魅力呢。

和美　你在说什么呢,到底……

遥子　哎,就是这样,因为……这是事实啊。

宗之　[苦笑]不不不。

太郎　[同时]遥子(别再说了)。

遥子　可是,就连我老公也说了,从刚才开始就连眼睛都不知道该往哪里看好。

太郎　什么?不不。

遥子 雅人先生也是，那个……在丰田汽车公司上班的先生也是，我好几次都看到他们在时不时地偷看您的胸部呢。是吧。

雅人 哎？

田之浦 不，哪有啊。

遥子 但是，这是理所当然的，因为有这样一对傲人的双峰一直出现在眼前，当然会忍不住去看。就连我也会不由自主地看过去呢。

和美 什么啊，为什么要说这个，拿人家的胸来说事，这根本没有关系好吗？

遥子 这个……我只是说了事实。夫人您不是说只说事实吗。

和美 这，你把这两件事扯在一起，成何体统啊？真是好笑，我说的事实呢，是说你真的很漂亮，周围的男性都拜在你的石榴裙下的事实，仅此而已。至于我的胸什么的……[转向丈夫]哎，你别干坐着啊，你说点什么呀。

宗之 嗯。啊……额，我说点什么好呢。

和美 发什么呆呀，就说说对遥子小姐的美貌有什么看法。

宗之 啊。不是说了嘛，刚才。十分漂亮……不，不用这么刻意再说一次了……哎，怎么好好的就

　　　　变成吵架了呢。
和美　　这不是在吵架啊。
遥子　　[中途]不是吵架。
宗之　　啊，这样啊。那就没事了。
遥子　　我觉得比起我，只要夫人承认她远比我漂亮的话就可以了。
和美　　这是在说什么傻话，怎么承认！这根本就没法承认，因为这不是事实。
太郎　　那个，我说呀，不早了，我们今天差不多就到这儿吧。
宗之　　是啊，散了吧。
和美　　也是啊，真是不好意思，都这么晚了。
太郎　　[小声]呐，遥子，我们差不多该走了。
遥子　　太郎，你刚才说了，你想试试看把一根手指放进和美小姐的乳沟不是吗。
太郎　　嗯。出了这条街就能叫到出租车。

太郎站起来准备往外走。遥子制止了他。

遥子　　不过，你说的一白遮百丑，这个，应该也没什么别的意思了吧。
太郎　　哎呀，好了（今天就到此为止吧）。

遥子　　这就是说我只不过是个长得白的丑八怪，是这个意思吧。

太郎　　瞎说什么呢……

遥子　　不，没关系的，反正你说得没错。

太郎　　不不不，那是用词不当（本意是想说你漂亮）。

遥子　　所以你就说啊，我就是个丑八怪，你跟夫人说啊。

太郎　　好了吧，你真是的！

遥子　　你说啊。说啊，我就是个丑八怪。

太郎　　遥

和美　　遥子小姐，冷静一下吧。

雅人　　［同时］等等，这是怎么了。

雅人说话时有种要吐的感觉。样子很奇怪。

宗之　　［同时］哎，等等。

遥子　　［同时］我不管你快说啊，说啊。

太郎　　你够了。

遥子　　你说啊。

突然，雅人当场倒了下去。大家都慌了。（啊！）

宗之　怎么了。

和美　怎么了？……雅人先生。
＋
田之浦　齐藤先生。

雅人　啊，对不起。

和美　没事吧？

雅人　啊，我没事。对不起，身体还有点没有恢复。

宗之　啊。

雅人　呕……我去下卫生间。

太郎想要给雅人搭把手。

太郎　来。

雅人　啊，我没事。哎呀，对不起……我先出去一下。

和美　真的没事吗？

雅人向卫生间走去。和美跟着一同前去。

宗之　真的没事吗？

太郎　真让人担心。

停顿。

遥子　啊……对不起。刚才，我失态了。

太郎　真的是。

宗之　嗯。遥子小姐啊……这个嘛，虽然谦虚是日本人的美德，但是，实际上，大家都认可你的美的，事实上你是真的很美。所以，没必要这么过分谦虚啊。

和美返回舞台。

遥子　我没有……我没有那么想。我不是那种，会想太多的人。

宗之　啊，是吗。但是……

遥子　我是真的觉得夫人比我漂亮，我才会那么说的。

和美叹气。

宗之　哦。这个嘛……对于美的感觉方式是因人而异的。啊，对了对了，刚才那个，不是说他，皮肤白啊，胸大啊，都是相对的呀。那个，谷崎润一郎，在《阴影礼赞》当中不是写了嘛，美这种东西啊，在一束光下都会千变万化。也就是说，在光照处看到的，和在阴暗处看到的，这本身就不一样啊。也就是说，现在的我们是被西方的审美观所支配着。比如说，那个，日本过去不也把牙齿涂黑，以此为美嘛（这也算得上是一个典型的例子了）。

和美　亲爱的，不要再说这个话题了。

宗之　为什么？刚才。

和美　……

宗之　啊，是吗。不说了。

田之浦　我说呀。

遥子　但是那个，我说的不是这种微妙的差别。

太郎　嗯。遥子真的是那么想的。她不是会撒谎的人。对吧。

宗之　嗯。

遥子　但是……真是对不起了。我乱了分寸……可能是酒劲上来了。

田之浦　[转向太郎]那个，你刚才说真的是那么想的，该怎么理解呢？

太郎　什么？

田之浦　刚才，你说，遥子小姐真的是那么想的。该怎么理解呢？

太郎　啊，当然是说，遥子觉得添岛夫人要比自己漂亮这件事。

田之浦　是这个意思啊。

遥子　　我……真的是这么想的。但是，我本意并不想像小孩子一样撒娇闹脾气。

田之浦　嗯。

和美　　对了。田之浦先生。

田之浦　怎么了？

和美脱下披肩，露出两臂。田之浦惊讶得屏住了呼吸。

太郎　　啊。

田之浦　！

和美　　怎么样？你不是很在意手臂嘛？……来好好看看。

田之浦　哎。

和美　　你能点评一下我的手臂吗？

和美　　看一看……看嘛。

宗之　　和美！

田之浦　……啊……嗯。

雅人返回舞台。

和美　　啊，你还好吗？

雅人　　啊，没事。对不起，我没事。

宗之　　啊，是吗？

和美　　真的没关系吗？

雅人　　嗯，消化还是不太好。

太郎　　是吗。

雅人　　嗯。但是，已经没事了。也没喝酒。

和美　　那就好。

雅人　　是啊……啊，佣人让我跟您说她那边已经都打扫好了。

宗之　　啊，是吗。那么。

和美　　嗯。不过，现在，那个……我想让大家看一下我的手臂。

雅人　　哎？

和美　　也拜托雅人先生看一下。

雅人　　什么？看什么？

和美　　啊，对了，不好意思，我可以坐在那边吗？

和美坐在了太郎坐的位置上，和遥子并排坐下。

太郎　　啊。

和美　　不好意思啊……你看。这个差距。怎么样？田之浦先生。

田之浦　啊。嗯……

和美　请直言不讳的说出自己的意见。我想让你帮我更正遥子小姐的错误认识。

宗之　和美，你这不是让遥子小姐为难吗。

和美　［瞥了遥子一眼。］……

田之浦　这个吗，怎么说，难分高低。

和美　哪有这回事。我知道你心里明白着呢。

田之浦　啊，不过。怎么说呢，可以说是难分伯仲，也可以说是像丰田车的皇冠和普锐斯之间的差别。

和美　别给我打马虎眼。我可是在认真问你呢！

田之浦　不不，但是这样并排着，再看一次的话，真的是……（转向雅人）是吧。

雅人　啊，这个我也不是很清楚，先让我坐下吧。

雅人坐下。

和美　哎，田之浦先生，从那里看，看不清楚不是吗，再稍微靠近点看也可以哦？

田之浦　啊不了，从这里看就行了。

和美　我想让你做出正确的判断嘛。

田之浦　啊，但是……

和美　刚才我说，这样挥手的时候，看这里的肉，噗噜噜的，对吧。

田之浦　啊——但是，我觉得还好，正正好好。

和美　　看。这里。软绵绵的。

宗之　　和美，去那边，去吃点水果什么的吧。

和美　　怎么样啊，我这里？

田之浦　……啊，那么，不好意思，能麻烦您举起双臂吗？

和美　　两只手臂？

田之浦　对。如果可以的话（和美双臂水平上举）……啊，做万岁的动作吧。[和美做出万岁状的姿势]啊。啊……原来如此。

雅人　　[干咳]啊，这是水吧？

宗之　　啊啊。

田之浦　对。

田之浦给雅人端来水，稍显慌张。雅人喝水。与此同时，和美做着万岁的姿势。

和美　　可以了吗？

田之浦　啊。可以了，不好意思。

和美，放下双臂。

和美　　遥子小姐呢？方便吗？

田之浦　啊。

遥子　　啊，我也要举起手臂吗？

田之浦　不，但是遥子小姐的已经看得很清楚了……不过，夫人是真的。[★3]

雅人　　[转向田之浦]这个是？

田之浦　对，是的。

遥子　　[★3开始台词重叠]你也好好说说你的意见。

太郎　　什么？

遥子　　意见。说呀！

太郎　　啊。

和美　　啊，齐藤先生就算了。

遥子　　我知道你的想法，你说吧。

太郎　　你让我说什么。

和美　　您丈夫的意见，还请保留。

遥子　　但是，只以田之浦先生的意见作为参考数据的话，我认为不客观。

田之浦　[小声]啊，终于记住我的名字了。

和美　　[与上面同时]不不，齐藤先生是遥子小姐的丈夫，就不要让他来作评价了。齐藤先生是不会给出客观意见的……而且从刚才的情形来看，就能看出他有多爱遥子小姐您了。

遥子　　那是。
和美　　我知道齐藤先生肯定会说遥子小姐远比我漂亮的。
遥子　　都说了不是这样的。
和美　　当然了，我知道这是事实，所以完全没有关系，但是，齐藤先生毕竟是您的丈夫，所以多少会有些不公平。
遥子　　真的不是这个样子的，没这回事。
和美　　怎么不是？我刚刚，看啊，他那样逼问田之浦先生。（如果他不是那么喜欢你，怎么会那样咄咄逼人啊。）

这时。

太郎　　啊，不，我知道了。那，我就说了。客观地说。说客观的意见。好吧。
遥子　　啊，不挺好的吗。
太郎　　嗯，那，请让我再仔细看一次。

太郎靠近和美。

和美　　好了好了。谁让你看了。

和美把旁边的披肩披上,遮住了双臂。

太郎　哎,怎么遮上了。专务,我可以看看夫人的手臂吗。

宗之　啊?看一看也没什么。

太郎　看吧。那请您让我看一次吧。

和美　不是,不许看。

太郎　啊,为什么?刚刚不是让大家一饱眼福了嘛。

和美　所以我不是说了嘛,就是不让你(不让你看)。

太郎　不,我虽然知道您手臂非常美丽。

太郎这么说着,就要伸手去脱和美的披肩。

和美　不,不要碰我。

太郎
＋
遥子　为什么?
　　　　喂!

和美　住手!

宗之
＋
雅人　别闹了!
　　　　怎么了?

太郎　[同时]你刚刚不是自己(让大家看了吗)。

太郎扯下了和美的披肩。

和美　　啊……
宗之
＋
遥子　　喂！
　　　　等下，别这样。
太郎　　好了，让我看看。
和美　　救命啊。不。不要啊［非常兴奋］！

和美倒在了地上。

太郎　　啊，你没事吧？
和美　　还好。

和美反而拉住太郎的手，把他拉向自己。

太郎　　唉？
和美　　啊。
太郎　　什么？

此时，添岛照男上场。手拿着罐装啤酒。

雅人　　啊。

大家都注意到了添岛照男。

和美起身披上了披肩。

照男　　……发生了什么？
宗之　　没什么。
照男　　我回来了。刚才发生了什么事情……
太郎　　没什么。
雅人　　嗯，是这样的。
和美　　你回来了。
宗之　　刚回来吗？
照男　　嗯。
和美　　挺晚的啊。
照男　　我不是说了我今天会晚点回来吗。
和美　　说过吗？
照男　　你们在干什么呢？
和美　　啊？……没什么。就是那个。
照男　　什么？
宗之　　诸位，我介绍一下。这是我儿子。
太郎　　哎呀，是令郎啊。啊，回来啦。虽然我之前也有所耳闻，但没想到您的儿子这么英俊高大。
宗之　　哈哈，光长身体了。块头大。

照男喝着啤酒，注意到了遥子。

和美	快和大家打个招呼。
太郎	啊,不用不用。
照男	要的。大家晚上好,我叫照男。
宗之	这是 Sun-ad 公司的齐藤先生。
太郎	啊,我是齐藤。一直以来承蒙令尊关照了。
照男	不敢不敢,是家父承蒙您关照了。咦?遥子小姐?哎?你怎么在这儿?
遥子	你好。好久不见。
田之浦	[小声]哎——不是吧。
照男	哎,真的吗,但是……
遥子	啊,这是我老公。
照男	你好。
太郎	[笑]你好。
照男	这样啊,啊,真巧啊!
遥子	嗯!
太郎	啊,你们认识?
遥子	嗯,见过几次面。
太郎＋宗之	啊,这样啊。 啊,这样吗?
雅人	哎……
田之浦	[小声]不是吧,真不敢相信。
太郎	哎(你们是怎么认识的?)

照男　　［同时，转向遥子］哎，你知道这是我家？

遥子　　怎么会。我也是刚知道的，吓了一跳。

照男　　我也很惊讶，没想到。

遥子　　对吧。

太郎　　哎呀，这真是，缘分啊，真是。

照男　　嗯，是啊，是啊，遥子小姐，齐藤先生，原来是这样啊。

遥子　　嗯，是啊……啊，添岛先生之前是我的病人。

照男　　是的。

太郎　　啊，是这样啊。哎，什么时候的事啊？

照男　　啊，去年的事。

遥子　　嗯。

和美　　哎，病人是指？

照男　　啊，蛀牙。竹原牙科。

宗之　　哎，遥子小姐是牙医吗？

遥子　　啊，不是，我是护士。

和美　　护士啊。

照男　　牙科护士。

太郎　　嗯。

宗之　　啊！

雅人　　啊，牙科护士。

田之浦　原来是这样啊……

遥子	嗯。
照男	是啊,啊……不过,还蛮开心的,去年。
遥子	是呢。
太郎 + 宗之 + 雅人 + 田之浦	……哎,开心? 哎,什么? 哎,什么? 什么很开心啊?
照男	啊,治疗。
太郎	啊,治疗啊。
照男	啊,虽然治疗的过程很开心,在那之后也办了联谊。
遥子	啊,对对。
太郎 + 宗之 + 雅人 + 田之浦	联谊? 联谊? 联谊? 啊——有过联谊啊。
遥子	对啊。被年轻的护士们拜托去凑人数了。
照男	嗯。护士和我们学生。
太郎 + 宗之 + 雅人	是吗? 是吗? 是吗……
雅人	那应该是玩得很开心。

照男　　嗯。但是，结果那么多人里面，遥子小姐最受欢迎。

遥子　　哎，没这回事啦。

照男　　虽然是唯一一位已婚女性。

宗之
＋
雅人　　啊！
＋
田之浦　嗯。
　　　　嗯。

遥子　　照男先生才是最受欢迎的。

太郎　　啊。我猜也是！

照男　　哪有哪有，没那回事……但是，果然，遥子小姐今天更有人妻的感觉呀！

遥子　　哎，是吗？

照男　　不愧是遥子小姐。

遥子　　不愧是，有吗？

照男　　可不是嘛，而且你今天穿的这身衣服……很漂亮。

遥子　　啊，衣服好看。

照男　　你在说什么呀，说你很漂亮！

遥子　　哪里哪里［摇头］。

照男　　不不不，很漂亮。对吧，诸位！

太郎　　哈哈哈

照男　　而且，尤其是，这双手臂，这么滑，这么白。

停顿。

照男　［一片安静］怎么了？
田之浦　啊，是这样的。我能理解，我刚才也这么说了。
照男　什么？
田之浦　说了手臂的事。
照男　什么？啊，手臂啊。

和美站了起来。

和美　啊，加纳还在吗？
照男　啊，刚才说回去了。
和美　已经回去了？
照男　嗯。现在应该已经回去了。
和美　啊，这样啊。怎么也不来打声招呼。
照男　说，感觉有点不方便进来。
和美　……
和美　遥子小姐。
遥子　嗯？
和美　［低声地，几乎以听不到的声音］果然，还是我赢了吧。
遥子　什么？

和美微微一笑走了出去。遥子用目光丈夫询问：她说什么？

太郎　　不，我没听到。
雅人　　［超小声］哎，她说什么了？
田之浦　［同时］好像是，我赢了什么的。
雅人　　［同时］啊。

照男转向田之浦。

照男　　……哎，你说手臂的事……
田之浦　嗯，是的。
照男　　哎，那是，什么事。
田之浦　啊，这个。
宗之　　啊，对了。照男，这是我之前跟你提起的，田之浦先生。在丰田汽车公司工作。
照男　　哎。
田之浦　啊，我是田之浦。不好意思，忘了自我介绍。
照男　　啊。初次见面。我是照男。
宗之　　嗯。那个，前段时间。
照男　　啊。我，那个，拿到拟录用通知了。啊，在找工作的时候。
田之浦　啊，拟录用通知？是丰田汽车的吗？

照男　嗯，是的。

宗之　是啊。

与此同时。

田之浦
＋
雅人　厉害！
＋
太郎　啊，这就非常厉害了。

遥子　[同时]嗯，太厉害了。恭喜啊。

照男　嗯。

田之浦　是哪个部门呀？

照男　啊，但是还没决定，我还没想好去哪一家。下周就必须得定下来了。

田之浦　啊，那是还拿到了其他公司的录用？

照男　嗯。

田之浦　啊，是哪家公司？要是方便说的话……

照男　啊，三菱重工。

雅人、太郎等人发出啊、天呀等赞叹声。

田之浦　重工。不是汽车行业？

照男　嗯。我想造飞机。

田之浦　这样啊。啊，前段时间好像有推出喷气式客机吧。

太郎　啊，对对对，第一批国产喷气式客机。

照男　是的，好像以后也要开始造战斗机了。

田之浦　啊，战斗机。

照男　嗯，我想造战斗机。

雅人　啊，战斗机，真不错啊。

太郎
+
雅人　［同时］啊，这可真不错啊。
+
田之浦　啊，战斗机啊。

以后要造战斗机啊，不错不错。

照男　嗯。

田之浦　或许，那边的工作会更好一些。［★4］

另一边，不知何时宗之来到了遥子旁边。和照男他们的对话重叠在一起。

宗之　［小声］干杯。

遥子　哎。

宗之　干杯嘛，就一杯。

遥子　啊，好。

遥子端起了还剩半杯的酒。

068

宗之 干杯！
+
遥子 干杯！

宗之盯着遥子——盯着遥子的手臂看。

遥子 ？

宗之一边留意着剩下三人，一边说。

宗之 这个，今晚，我真想借用一下。

说着，摸了遥子的手臂。［★5］

照男 ［接★4处场景］是吗？
田之浦 对，三菱那边更好。
照男 这样吗。
田之浦 嗯，如果说是汽车的话，怎么说呢，现在也已经进入到一个新的变革时代了，这行也快不行了。
照男 哈……
田之浦 也就是说，现在这种类型的汽车，恐怕以后都会慢慢被取代。

太郎 + 照男	啊。 啊。
雅人	呀,不过这是后话了对吧。
田之浦	嗯,也是。啊,不过,德国汽车好日子也不长了。
照男	[转向田之浦]什么?
雅人 + 太郎	啊。 嗯?
照男	那个,我们是不是在哪里见过?
雅人	啊。啊,不好意思,我还没打招呼……好久不见。我是齐藤。
照男	啊。
雅人	那位也是齐藤[太郎:啊,是的]我也是齐藤,齐藤雅人。

太郎早已经顾不上妻子了(田之浦却在时不时地留意着遥子)。

照男	啊。
雅人	那个,去年,在您母亲举办的花会上,见过一次。
照男	花会。哦,草月会馆。
雅人	对,对。您父亲向我介绍过您。
照男	啊,原来是这样啊,我不记得了。

太郎　哈哈哈。

雅人　嗯［接★5处场景］啊，是吧，专务。

宗之　嗯？

雅人　去年在花会上对吧。

宗之　嗯，对。

雅人　嗯。

照男　哎？对不起，我有点想不起来了。

太郎，笑了。［★6］

另一边，宗之还在说"手臂"的事，好让遥子同意。

遥子说"哎——您可真风趣"，笑着糊弄了过去。遥子起身，看着阳台的栏杆附近的几张唱片，边上放着CD唱片机。

照男　［接★6处场景］嗯？

太郎　啊，抱歉。那个，那个时候有一个这么胖的人吧。

照男　啊。

田之浦　90公斤左右的。

照男　……啊

太郎　长相的话还是这样……像这样。

田之浦　对。

照男　……啊！

太郎	想起来了吧。
照男	啊——真是吓了我一跳。这完全就是换了个人啊。
雅人	嗯。托您的福……我现在身体非常健康。
照男	嘿嘿。厉害啊。变化这么大的人,我还是第一次见。
雅人	是吧
太郎/田之浦	就是说啊。
照男	但是,你是一年之内就瘦了这么多啊。
雅人	嗯。是瘦了不少。
太郎	对的。
雅人	是呀,但是过去太拼命了。弄得现在身体也还没完全恢复,时不时地还会晕倒……

在雅人说话的同时(或者是更早之前)唱片机当中传来了R&B的音乐,遥子跳起了舞。宗之配合着遥子的舞步也跳了起来。

照男	[笑]遥子小姐……什么嘛,突然就……

照男、田浦、太郎、雅人都看向他们。

宗之　　你知道这首曲子吗？

遥子没有回答他，继续跳舞。

照男　　[呆住了]爸！
宗之　　这摇摇晃晃的手臂……以前……我可是经常见……时光飞逝啊！

宗之跟着曲子、合着声。遥子笑着。

太郎　　遥……喂！

田之浦加入了舞蹈。
三个人跳着舞。田之浦发出一声怪叫。
照男笑着，加入舞蹈。
照男和遥子两人搭档，舞步一致。田之浦一个人随意狂舞着。
太郎也加入了舞蹈，和妻子、照男一起跳着。太郎和照男面对面跳着。
雅人有气无力地跳着。
宗之在椅子上坐着，喝着什么。
和美走了进来。宗之看向妻子。

宗之　　啊……哈哈。

和美定神观察了一会儿，开始跳舞。
和美刚开始跳舞，雅人便感到一阵难受，倒了下去。

宗之　　哎呀！
和美　　没事吧……齐藤先生！

宗之关掉了音乐。

和美　　雅人先生。
太郎　　没事吧？
雅人　　啊，呜……抱歉！我，我没问题。
和美　　真的吗？没事吗？
雅人　　刚才，我不小心错喝了谁的酒。
田之浦　啊，是我的吧。
宗之　　需要叫出租车吗？
和美　　对。
雅人　　啊，我没事。真的没事，我可以走的。
宗之　　不不不，不要勉强。照男，叫出租车。
照男　　好的。

向过道（舞台上场口）走去。

雅人　啊，不用了，不用了。真的。
田之浦　齐藤先生。
和美　这样不行。［转向照男］照男，麻烦了。

照男消失在过道处。

太郎　就是啊，还是小心一点比较好。
雅人　不，可能，可能是我没吃东西的缘故。
和美　哎？

雅人苦笑。

雅人　可能是……空腹时间太久了。
太郎
＋
宗之　啊，这样。
和美　你现在感觉肚子饿吗？
雅人　不，我也不太清楚，我感觉有点饿。
太郎
＋
田之浦　对！
和美　稍微吃一点？

（太郎那行第一句为"啊。"）

雅人　　啊，要是，还剩什么的话？

和美　　当然有了。吃点容易消化的吧，刚刚准备了很多呢。

雅人　　好的。音乐……哎，对不起各位了。

太郎　　没事。

和美　　不用在意这些了。不过你真的没事吗？

雅人　　嗯，对不起，我没事了，已经。

和美　　这样啊……那，大家请进屋吧。都准备好了。也有甜品。

太郎　　啊。

田之浦　啊，可是……

宗之　　[同时]嗯。齐藤先生，还有好喝的格拉帕酒哦！

太郎　　啊。

遥子　　[同时]哎呀，真的不了。今天就到这儿吧。

宗之　　但是，总感觉大家的兴致才刚刚上来吧？

遥子　　不不不，真的不了。是吧？

太郎　　嗯，是啊！

宗之　　哎，但还是觉得意犹未尽啊！

遥子　　嗯，话虽如此。

遥子+太郎　嗯，今天真的是多谢您的盛情款待。

遥子　　多谢款待。

宗之　　是吗？怎么总觉得，派对才刚刚开始的感觉。[转向遥子]还想再跟你聊聊音乐呢!

太郎　啊,这个嘛,下次有机会再聊吧。

和美　不过,刚才我还真是吓了一跳呢。我很久没见过能这么气定神闲地跳舞的女性了。

遥子　啊,哎……让您见笑了。

太郎　哈哈哈。

田之浦　不,太棒了。
＋
宗之　是啊。
＋
雅人　对的。

和美　哎呀。我还以为是长岭康子呢。

遥子　哪里哪里。

和美　长岭康子还健在吗?

宗之　嗯?呀,谁知道呢!

除了宗之,包括遥子在内,谁都不知道长岭康子是谁。

和美　可是,好不容易,雅人先生也说了想吃点东西,我也……

雅人　啊,不不,不能因为我……

和美　嗯,而且我觉得,我和遥子小姐之间还有些疙瘩没解开,不想就这样与你们分开,对吧。

遥子　啊,我已经,完全,什么都不介意了。

[译者注：长岭康子（長嶺ヤス子），昭和 11 年（1936 年）出生，日本舞蹈家。]

和美　但是，说是这么说。

和美转向遥子，不，是真的，不是你。我是说我，我自己觉得心里还是有个疙瘩。

雅人　不过，刚才大家跳舞把情绪都释放出来了吧。[笑]

**太郎
+
宗之
+
和美
+
遥子**

太郎：[笑]可不是嘛！
宗之：是吧！
和美：真的是啊！
遥子：啊不，可是，刚才的跳舞算不算释放情绪，我自己也说不清楚。

田之浦　太棒了。

和美　不过，真的是对不起啦，我呢，你看，跟刚才的川岛先生的太太，真的是合不来，真的是很早以前就，[宗之：啊]所以我今天心情也有点烦躁。

太郎　哈哈哈。

和美　真的是，我也在反省，我要是再成熟些就好了。

太郎　哪里的话。

和美　　只不过，我有些搞不清为什么遥子小姐的心情会不愉快。

遥子　　哎，我，并没有。

同时，照男走了进来。

照男　　出租车司机说还需要15分钟左右到。现在好像有点堵车。

雅人
＋
田之浦　　啊！

宗之
＋
和美　　哎，抱歉，不需要出租车了。

雅人　　真是对不起了，不好意思。

照男　　哎，没关系吗？

宗之
＋
和美　　嗯，雅人先生想先去那边吃点东西。

照男　　啊，这样啊。已经没事了吗？

雅人　　嗯，没事了。反而现在倒想吃些东西了。

照男　　啊，那我去取消预约了。

雅人　　给你添麻烦了。

照男　　不不，没关系的。哎，那个桌上的吃的，我也可以吃吗？

和美　　哎，当然可以吃了。

宗之　　当然。

和美　　怎么？你在外面没吃吗？

照男　　吃过了，不过在饭店没怎么吃。

和美　　是吗？

照男　　嗯。

说着便要走过去。

遥子　　啊，那，那个出租车，我们想乘坐。

照男　　啊，是吗？

遥子　　嗯。好吗？

太郎　　好的。
＋
宗之　　哎，可是……
＋
田之浦　这就走了吗？

照男　　啊，那好吧。

太郎　　哎，不过。也是。好不容易来一次，我们也吃一点再回去吧！

遥子　　哎？

宗之　　对呀。吃点再走吧。

和美　　［同时］是啊。
＋
雅人　　啊，那太好了！

遥子　　哎，怎么了？

太郎　　额，那个。那个格拉帕酒，我还是有些在意，想尝尝。

宗之　　啊，是嘛。那我必须得拿出来了。是吧。

田之浦　啊，那请您也给我来一杯。

宗之　　啊，当然。

和美　　当然啦。

田之浦　我好像脸皮很厚啊。

和美　　您说什么呐，那大家就请进屋吧。这下人口密度降下来了，宽敞舒适一些了。

照男　　那我就取消了啊。

和美　　嗯。[说着便向舞台下场口走去]

太郎　　啊，不好意思，一次又一次的。

照男　　没事没事。这只有一个来回。三个来回之内免费提供服务。

田之浦　哈哈哈。

太郎　　[笑]照男先生好有意思啊。

照男，向过道（舞台上场口）走去。

大家在一片和谐的氛围中，说着话，消失在了过道处（舞台下场口）。

田之浦　［声音］我感觉照男不会选三菱重工。

雅人　　［声音］有同感。

田之浦　［声音］那个，照男先生说的饭店，是在忙应酬吗？

宗之　　［声音］好像是吧。呀，我也不清楚他在干什么。

雅人　　［声音］但是，照男先生真的是前途一片光明啊。

宗之　　［声音］谁知道呢。

与此同时，太郎想跟大家一起走的时候，遥子拽住了他的袖子。舞台上只留下了太郎和遥子二人。

太郎　　怎么了？

遥子　　哎，为什么？

太郎　　什么为什么？

遥子　　哎，为什么我们不回去？

太郎　　因为，人家不是在挽留我们嘛！

遥子　　可是从刚才开始他们不是一直在挽留我们吗？

太郎　　那倒是，不过，只有我们先走也不合适啊。

遥子　　你说什么呢，大家不是基本上都走了吗？

太郎　　不，所以说真的跟专务关系好的不都留下来了嘛。

遥子　　哎，刚才，（你都看到了吧）。

太郎　　这也是名正言顺的应酬啊（这个道理你应该

懂吧）。

遥子 呐，刚才你都看见了吧？

太郎 什么，看到什么了？

遥子 在那边，专务对我……

太郎 怎么了？

遥子 专务对我动手动脚，你都看见了吧？

太郎 没看见啊。我不是在跳舞吗？

遥子 跳舞之前。专务摸我的时候，我看见太郎你在朝我这边看。

太郎 你在说什么啊，我没看见。我要是看见他对你那样了，我肯定会说的啊。

遥子 骗人。你看得清清楚楚。

太郎 我没看见。我当时不是在跟他说话吗？（找工作的事）

遥子 为什么说不回去了呢？

太郎 什么？

遥子 到底为什么说不回去了啊？

太郎 我不是解释过了吗。

与此同时，照男上场，手里拿着浴巾。

照男 怎么了？

太郎　啊。

照男　大家都已经喝起来了。

太郎　好,马上就去。

照男　嗯。

照男正准备朝反方向的过道走去时,突然停住。

照男　啊,如果需要的话。

太郎
＋
遥子　嗯?

照男　啊,我出了点汗,先去洗个澡。

太郎　请便。

照男　要是不介意的话,遥子小姐也可以。

遥子　啊,不不不。

照男　[笑]我猜也是。如果需要的话跟我说哦。

照男从舞台下场口的阶梯过道下场。

停顿。

太郎　总之还是进去吧。

遥子　我去联谊的事,不想说什么吗?

太郎　联谊？

遥子　刚才说的。

太郎　啊。你不是说……被别人拜托了吗？

遥子　可我是瞒着你去的，要是平时的话，你早就跟我唠唠叨叨说一大堆了。

太郎　你不是说了，是别人拜托你，才去的吗。

遥子　但我没跟你说过这件事啊，你的话，不是会跟我闹个没完没了吗？

太郎　啊？什么？你让我跟你发脾气？你是说让我跟你吵架是吗？

遥子　不是这种……算了，算了。

太郎　什么啊，真是。总之我们快进去吧，都跟人家说好要去的。

遥子　……不去。我要回家了。

太郎　遥。我们稍微喝点……再回去。还要谈工作的事，接下来的工作，还涉及相互竞争。我跟你说过的吧。

遥子　那太郎一个人留下就好了。我要回家了。

太郎　……那我怎么跟人家说啊。

遥子　你就说我身体不舒服什么的。什么都行。

太郎　你看看齐藤先生，昏倒了好几次，还是坚强地站起来了。

遥子　　他是他，反正我不想再在这儿待了。

太郎　　说什么呢……多待一会又怎么了，不就是被摸了一下吗。

遥子　　你果然看见了啊。

太郎　　没看见，不是你跟我说他摸你了吗！

遥子　　就摸一下的程度原来是可以的啊。

太郎　　不，我不是这个意思。

遥子　　你明明就是这个意思。

太郎　　哎呀，真是，这都什么跟什么呀。你今天好奇怪，还跟添岛夫人那么针锋相对。

遥子　　你胡说什么呀！是她奇怪才对吧，就跟疯了一样。

太郎　　［小声］她是这种疯女人你也不是今天才知道。

遥子　　可是。

太郎　　好了好了，你就忍忍吧，这也是生意的一部分，你应该知道的。

遥子　　但是刚才，那个谁，像个小处男的那个。

太郎　　哎？

遥子　　丰田汽车那个。

太郎　　田之浦先生。

遥子　　她那么欺负他，根本就没有意义。太奇怪了。

太郎　　你们又不是每天见，一年也就这么一两回，顶多了。

这时，宗之拿着一瓶格拉帕酒和空酒杯。

太郎　啊。
宗之　怎么了，一直在找你们呢！
太郎　啊，不好意思。
宗之　给。
太郎　啊。
宗之　哎。遥子小姐也来点儿吧。
遥子　啊，我不了。
宗之　来，先罚一杯。虽然也不知道为什么而罚。

一边说，一把把酒杯递给了太郎和遥子。

太郎　啊，谢谢。
遥子　啊，不。我真的不能再喝了。
宗之　好了好了好了，别推辞了，来一杯。
遥子　这——［为难］
太郎　那，就喝一杯意思意思。
宗之　就是，我今天可算见识到遥子小姐的酒量了。

说着，两人往各自的酒杯里倒了少量的酒。

宗之　这杯酒啊，一口闷。来干杯吧，为什么而干杯呢。

传来狗叫声。

宗之　啊，狗在叫。声音真大。
太郎　啊。
宗之　那，果然，对！为了遥子小姐的手臂干杯。
太郎　哈哈哈。
宗之　那么为遥子小姐的手臂！
宗之+太郎　干杯！
　　　　干杯！

三人一饮而尽。

太郎　咳——［剧烈地咳了起来］
宗之　啊……这酒劲儿真大——
太郎　哈哈哈。
宗之　香味也很不错吧。
太郎　很棒。

遥子非常平静的样子。

太郎　　啊，我第一次喝这种酒。

宗之　　真厉害啊，遥子小姐，厉害。

遥子　　哪里哪里。

宗之　　哎哎，再来一杯。

遥子　　啊，不用了。

宗之　　不不，还可以喝的吧，这不是喝得挺带劲的吗。

宗子为遥子倒酒。

太郎　　啊！
+
遥子　　好，那我就恭敬不如从命了。

宗之　　来来来！

太郎　　其实遥子酒量也没那么好。

遥子一饮而尽。

宗之　　啊，厉害了。真棒。来兴致了吧。好！那再来一杯。

太郎　　啊，已经。

遥子　　啊，已经真的。

宗之　　说什么呢，来来来。再喝。

遥子　　啊。

遥子一饮而尽。

太郎　　喂！
宗之　　哈哈哈。啊，不错不错。
太郎　　没事吧，喂。

遥子点点头。

宗之　　嗯。边喝边吃点什么吧。

宗之打算邀请二人进客厅。

太郎　　啊，抱歉，那个。我觉得我夫人可能有点不舒服，我们该走了。
宗之　　哎，是吗？

这时和美上场，手里拿着樱桃。

和美　　田之浦先生一个人很无聊哦。
太郎　　啊。
宗之　　［转向遥子］但是，遥子小姐还能喝吧。
遥子　　啊。

和美　田之浦先生还在哭哦。真是个爱哭鬼。[太郎：啊]他还在说叙利亚的事。好像是在叙利亚有亲戚还是什么，哎，这可真是。

宗之拿着酒瓶。

宗之　啊？
和美　怎么样？这酒够烈吧。
太郎　嗯，不过确实是好酒。
宗之　果然你们俩都觉得这酒不错吧。
太郎　是啊，刚才我夫人也……
宗之　对对对。
和美　是嘛，太好了。我酒量不好，一点儿都喝不了。哎，这里不冷吗？进屋吧。
太郎　嗯。不过……我夫人有些……
和美　啊。
太郎　嗯，那我们今天就到这吧。
和美
+
宗之　啊，是吗？
　　　嗯！
太郎　对，真的不好意思，今天失礼了，你们这么盛情邀请我们。
宗之　对吧。

和美	不过,你还没事吧。
太郎	嗯,我脸皮厚,也还意犹未尽呢。
和美	是嘛!
宗之	可是,遥子小姐刚才还在喋喋不休地说呢!我感觉她还没喝够呢。
太郎	[笑]没有没有。
遥子	那,只有今晚的话,可以哦。
宗之+太郎	嗯?
太郎	什么?
遥子	可以哦。
太郎	哎?什么?
遥子	一只手臂,只有一晚的话,可以哦。
宗之	什么?
太郎	[笑]你胡说什么呢?
和美	哎,什么?
遥子	专务刚才跟我这么说的。
太郎	哎。
宗之	啊,川端康成的小说啊。
遥子	[摇了摇头]专务,你不是对我说了吗,在那里。
宗之	哎?
遥子	就刚才。在那边。你说今晚想借我这只手臂。
和美	啊,哈哈。

宗之　……不！
遥子　要是想要的话，别说一只手臂了，两只手臂，脚，脖子都可以。

遥子边说边笑。

太郎　遥，你在胡说什么啊！
宗之　哈哈哈。
太郎　刚才那几杯，喝醉了吧！
宗之　嗯，是啊。
遥子　我没醉。
太郎　你醉了。
遥子　啊。我丈夫的生意，您能给行个方便吗？
太郎　哎？
遥子　要是能的话，我整个人都给你。随便哪里，都可以。
太郎　喂，胡说些什么！
和美　讨厌！亲爱的，这不是求之不得嘛。就跟做梦一样啊！
宗之　你说什么呢！这种事，遥子小姐你也是。
太郎　遥子，太没礼貌了，真是。不好意思啊！
和美　哎，刚才说的向遥子借胳膊的事，在那边说的，

	什么时候？我不在的时候？
遥子	啊，好像是夫人进屋去了，不在这边的时候。
和美	哎呀，就是刚才嘛！
宗之	不不不，我没有说过这种话啊。对吧？
太郎	对对对，当然。您才没有说过那种话呢！
和美	你肯定说了吧，那种话。
宗之	你在说什……
遥子	［同时］说了。
太郎	咳。
和美	对啊，你肯定说了。
宗之	别乱说，我怎么可能说那种过分的话呢！

与此同时，照男以一身沐浴后的装扮（大背心和巴厘岛风格的齐膝短裤）上场。

照男	咦？（你们还在啊？）
太郎	啊。
和美	还想再吃点儿什么吗？
照男	刚才那些就可以了，那个虾仁沙拉什么的。
和美	还有烤牛肉哦。特鲁瓦格罗的。
照男	嗯，我要吃。哎，你们在干什么？
太郎	啊，不。刚刚在喝格拉帕。

宗之　对。

照男　……啊，我也想喝点儿。

太郎　啊？

和美　你喝不了这么烈的酒吧？

照男　嗯。我酒量不行。我就喝一点。

宗之　遥子小姐啊，刚刚一口气喝了三杯。

和美　哎！
+
照男　哎——

宗之　她自罚三杯。

遥子　［笑］我也没那么厉害啦！

照男　呀，我知道你酒量很好，有杯子吗？

和美　有。

太郎　用这个吧。

把自己的酒杯递了过去。

照男　那，我就……

太郎　啊。

照男　啊，不用不用，我自己来。我就尝一下……就这酒［喝了一口边说边咳］……啊，这酒。喝不了喝不了。

大家相应地做出反应。气氛一片和谐。

和美 你看,所以我都跟你说了。
＋
太郎 喝不了吧。
＋
宗之 酒量不行啊!
照男 哎呀,遥子小姐太厉害了。
太郎 所以她都醉成这样了。
照男 是嘛。
太郎 是呀。刚才直往嘴里灌。
照男 啊。

遥子,笑了。

和美 怎么说,你上面好歹穿点什么啊。
照男 多穿点?我觉得现在更热了呢。
和美 当心感冒。
遥子 刚才,我提了个建议。
照男 哎?什么?
遥子 我刚才,跟你父亲提议,把我的手臂借他一晚。
照男 什么?
太郎 喂!
照男 什么意思?刚才你们就一直手臂,手臂的。

遥子　　你父亲刚才向我拜托了。
太郎　　遥！
宗之　　［同时］所以说，这话我没说过。
遥子　　哎，没听到吗？刚刚在那边，你父亲和我说今天晚上想借我的手臂。

为了打断遥子的话。

太郎
 ＋　　遥子，你到底在胡说什么呢！
宗之　　不，我没说过，真的是。
照男　　啊，刚才啊。有那么一瞬间我好像听见了。
遥子　　我说对吧。
照男　　呵呵。是这样啊。
遥子　　是的。
照男　　啊，所以才去跳舞了吗？

遥子点点头。

照男　　这样啊。什么呀……原来刚才跳舞时因为有这个原因啊。我看到你们莫名其妙地跳舞，还觉得超现实主义，很酷呢！
遥子　　［笑］抱歉。很普通啦。

照男　　所以什么事情都是有理由的啊。

停顿。

宗之　　照男。
+
和美　　照男。
照男　　[同时]哎，怎么回事，刚刚说提建议什么的？
太郎　　啊。那个。
+
遥子　　啊，是的。
照男　　哎，遥子小姐？刚才提的？

遥子点头。

照男　　哎，不好意思，提了什么建议？
遥子　　就是说，被你父亲拜托了今晚把手臂借给他。但是，其他地方也可以。
太郎　　呀，所以这种事……
+
宗之　　不不，我可没拜托过。
和美　　所以，是遥子小姐喝醉了开玩笑呢。你也真是，别把遥子小姐说的话都放在心上。只不过就是开个玩笑。[转向太郎]是吧。
太郎　　啊。是啊。

照男　开玩笑啊。拿我爸开玩笑吗？

宗之　没有啦。

和美　是的，还有我、齐藤先生，在场的人都。

照男　啊，越来越搞不清了。

遥子　……哎？

太郎　啊，是，但是因为喝醉了，对吧！

照男　不过，遥子小姐，世界上的确有这种事。让别人感到困扰自己很开心……道德上非常出众，或者说是特征……

遥子　我就是个普通人。完全不是你说的那样，开玩笑什么的……哎，夫人您……难道就没多想吗？……那个，刚才那番话。

和美　哎，什么？

遥子　啊，抱歉，算了。

和美　什么啊？

遥子　没什么。

和美　啊，刚才那番话啊。我没多想啊。你觉得我会生气？因为啊，我老公平时……就那个嘛。他是开玩笑的吧。

宗之　什么？

和美　哎，难道你说的是真心话？

宗之　哎，什么。

和美　　就是你跟遥子小姐说的。
宗之　　啊……不，我都说了我没说啊。
和美　　你是在开玩笑的吧。在露台上说的那些话，就像开玩笑一样。
太郎　　不不。
宗之　　不，你在说什么呢，我都说了我没说过。
和美　　你适可而止啊。这样假装不知道的话，不是正中遥子小姐下怀吗！
宗之　　什么？！
和美　　［对着齐藤夫妇］哎呀，抱歉啊！［笑］
遥子　　［做出反应］
宗之　　真是的！

照男笑着。

遥子　　正中下怀？
太郎　　不，嗯，我也觉得这就是开了个玩笑。
宗之　　不，所以说我说了我没说过这种话。
太郎　　啊，对，您没说过。
宗之　　是啊。
太郎　　……咦？
遥子　　所以说，您说了。

太郎	喂。
照男	说过了。这位[示意宗之]一看就是会说那种话的主儿。
和美	照男！
宗之	都说了让你上面穿点衣服。
照男	待会儿，我爸肯定会扯出谷崎的话题……谷崎润一郎。你们知道吗？
遥子	嗯，刚才已经提过了。
照男	哎呀，已经说了？这就是我爸的套路。谷崎润一郎和佐藤春夫的丑闻。啊，这个也已经说过了吗？
遥子	还没有。
照男	那一会儿就该说了。
宗之	照男，你到底要说什么啊。
照男	没什么，没什么想说的，我只不过是把您的套路说给他们听听罢了。
和美	你在说什么，别乱说话。
宗之	[同时]我怎么会做那种事情呢。有的没的，不要在外人面前乱说。
太郎	好了，照男先生。
照男	啊，简单说的话，上个月来我们家里玩的那个，日本文学专业三年级，和我一个社团的远藤美香，

　　　　　21岁，我爸在我不注意的时候，追求了人家很久，就是发生过这样的事。
宗之　　我怎么会做那种事，你给我适可而止，快给我去穿衣服。
照男　　但是，这可是真的，我妈也看得真真切切的。是吧。

和美没有回答这个问题，吃着樱桃，把核吐在了盘子里。

照男　　哦，那个21岁的远藤美香小姐，她的毕业论文是源氏物语，源氏物语解读什么的、谷崎润一郎和三岛由纪夫，两人聊得热火朝天，追求的最后呢……
宗之　　够了。真是的，别说了！
照男　　结局呢。然后好像就聊上床了。

遥子放声大笑起来。

和美　　照男，别说了。
宗之　　［同时］不可能有这种事！
照男　　但是我听见了哦。做了，在书房里。
宗之　　没有做。

照男　美香跟我说做了。

宗之　没做。

照男　我说呀，小美香这个人不会在这种事上说谎的。

为了打断照男的话。

和美　你够了。干什么啊。在客人面前。

宗之　……可恶！［脏话］

遥子又笑了起来。

太郎　喂。

遥子　对不起。但是太好笑了。

照男　这也没什么吧。我也没觉得怎么样。

遥子　啊，抱歉。

照男　啊，不是不是。她只是和我一个社团而已。

遥子　不是那种关系？

照男　小美香，我们没有在交往。

遥子　啊，是这样。

照男　嗯。是她在追我。

太郎　啊。照男先生真受欢迎。

照男　不不。

太郎　　联谊的时候也是最受欢迎。

照男
＋　　……
遥子　　……

和美　　嗯，真的。不光有女人缘，在公司里人缘也很好。面试好像一直都很顺利。从以前开始就是这样。幼儿园的考试也是。

照男　　［笑］。我喜欢面试。完全就是考验演技。

宗之　　受欢迎是好事，希望只受女性欢迎就可以了。

遥子　　……什么？

照男　　什么跟什么啊。

宗之　　……啊，没什么。

和美　　啊，对了。我有件事想和齐藤先生商量一下。

太郎看着照男，没听到和美说话。

和美　　齐藤先生。

太郎　　啊。你说？

和美　　我想请您帮我做这次花会的宣传册。

太郎　　啊，宣传册啊。好的，乐意效劳。

和美　　啊，那太好了。那您等一下，我去拿去年的宣传册。

和美走向舞台下场口走去。田之浦上场。

和美	啊。
田之浦	啊。
和美	田之浦先生。
田之浦	啊,果然大家都在这儿啊。
宗之	啊,抱歉。
田之浦	怎么也不告诉我。
和美	啊,不好意思啊,我明明是过来叫大家进去的。
田之浦	没事没事。没关系……不过,我估计大家还在像刚才一样,说着可有可无的建设性话题。
太郎 + 宗之	是啊。 对啊。
和美	现在去那边吧。走吧。
宗之	好。
田之浦	嗯。那边还有甜布丁之类的。
和美	对,那个味道不错吧。
田之浦	嗯。很好吃。我头一次见那么大的布丁。
和美	那个啊,是我做的哦。
田之浦	哇——那可真是太厉害了,真的吓了一跳。
和美	谢谢。那个,雅人先生呢,吃了吗?
田之浦	嗯,吃过了。不过,齐藤先生好像喝了点红酒还是什么,果然感觉状态有点不太好。

和美 ＋ 太郎　哎。

太郎　哎。

田之浦　嗯，现在正躺在沙发上呢。

和美 ＋ 宗之 / 照男 / 遥子　呀，这不行啊。

　　　哎。

田之浦　不过，他本人倒是说躺一会儿就好了。

太郎　这样啊。

田之浦　但是，那个宽敞的房间只有我和沙发上睡着的那个人组成了一个二人世界，真的是感觉有点，总觉得不是那么回事。

在田之浦说话的时候。

和美　看样子还是不行啊。

说着便走了出去。
田之浦看到了格拉帕的瓶子。

田之浦　……这个。我刚才也喝过了。

宗之　嗯。

田之浦　很烈的酒。

太郎　哈哈。

田之浦　啊，您喝过了吗？

太郎　喝过了。

田之浦　遥子小姐也喝过了？

遥子　啊，是的。

田之浦　啊，遥子小姐真厉害啊。

太郎　嗯。

宗之　雅人先生真的没事吗，我去看一下。

宗之下场。

田之浦　啊。

太郎　啊。

田之浦　……哎呀，夜晚的时候总感觉……［坐下］

太郎起身要走，又坐了下来。

照男　我和齐藤先生见过两次（齐藤太郎做出反应），啊，我说的是那位齐藤先生。

太郎　啊。

照男　我们只见过两次面。胖的时候和今天晚上。

田之浦　啊，我也是。

照男　啊，是吗。你不觉得很奇怪吗？

田之浦　奇怪？

照男　怎么说呢，就是对他没有一个确切的印象，因为只见过 before and after……哪一次感觉都不真实。

田之浦　嗯。

照男　怎么说呢，比如减肥的广告，减肥前和减肥后，是不是感觉很不真实？

太郎
＋
田之浦　嗯。

田之浦　嗯，整个人就像是，就像是 PS 过了一样。

照男　是吧。所以……总感觉哪个都不是他本人，或者说是感觉不到真实的他。

田之浦　确实。很奇怪。感觉很奇怪。总感觉像被骗了一样。

照男　对对对。

田之浦　世上真的有齐藤这号人吗？甚至有这样的感觉。

照男　对！

田之浦
＋
太郎　哈哈哈。

照男　哎呀，那倒不至于。

田之浦　不过，要是他不是真的齐藤先生，而是田中先生和山本先生什么的，该怎么办呀？

照男　　是呀，原来如此。嗯，就是那种感觉……哎，但是齐藤先生？您和那位齐藤先生关系挺好的不是吗？

太郎　　啊，说不上什么关系很好，只是此前见过几次。对吧？

遥子　　嗯，是的。

太郎　　所以我印象里他胖的时候的样子比较深刻……话说回来，可真是瘦得有些心疼呢。

田之浦　嗯，只要之前的印象很深的话，对，即使瘦下来，也能认得出来。

太郎　　嗯，对。

停顿。

遥子　　我……

田之浦　［台词撞上］啊，遥子小姐，那个（杯子）空了吧。还要再喝点什么吗？

遥子　　啊，不了。

田之浦　这样啊，但是。

遥子　　那个，我要回去了。

田之浦　哎？

遥子　是的。

照男　是吗？

田之浦　哎，真要回去呀。这可真是太可惜了，超级可惜。

遥子　不过，我能再喝点吗？

照男　哎？

遥子　嗯，最后再喝一点。

照男
+
田之浦　当然可以。啊，果然！

太郎　你喝太多了。

遥子　嗯。

遥子想去拿格拉帕。照男抢先一步拿起。
田之浦也想去拿所以站了起来，又坐了下来。

遥子　啊，麻烦了。

照男　这杯子也太小了吧？需要我去拿个大的啤酒杯吗？［照男接过遥子的酒杯，倒酒。］

遥子　［笑］不用了。

照男　好的。

遥子亲了照男。

田之浦　啊。
照　男　喂,遥子小姐。

遥子看向太郎,又看向田之浦。

照　男　怎么了,遥子小姐真有意思啊。

此时,遥子又亲了照男一次。
照男脸上的笑容逐渐消失。遥子看着太郎。遥子道谢后拿过酒杯,喝完之后,说了句多谢款待,把酒杯递给了照男,随后向舞台上场口的玄关处走去。

照　男　啊……那个……哎?[转向太郎]这,我该怎么办?
太　郎　……
照　男　哎,那个。哎?等等![朝玄关处走去]

从玄关处传来声音。

照　男　[声音]你等一下,我送你。

遥子　　［声音］啊，不用不用。我没事。

照男　　［声音］我开车送你。

遥子　　［声音］你送我？你刚才不是喝酒了吗？

照男　　［声音］基本上没喝。

遥子　　［声音］不了。真的不用。

照男　　［声音］但是。

遥子　　［声音］真的真的，没关系的。

照男　　［声音］那我帮你叫车。

遥子　　［声音］到了马路上就能打到车。

照男　　［声音］不，现在这边一直都在修路。打不到车。

遥子　　［声音］没事的，我可以走一段。

照男　　［声音］可是，这边打不到车，真的。

遥子　　［声音］没事没事，我也想走一走。

中途太郎也去了玄关。

太郎　　［声音］遥……你等等。我也回去了。

遥子　　［声音］没关系的。你不是说这也是在做生意嘛。

太郎　　［声音］没这回事。

遥子　　［声音］你忙吧。我先回去了。

太郎　　［声音］我说让你等一会儿。

遥子　　［声音］我说了，我想回家。

太郎　　［声音］所以现在去跟大家打个招呼再走啊。

遥子　　［声音］不用了。

太郎　　［声音］这样不好。

遥子　　［声音］我都说了不用了。

照男　　［声音］遥子小姐。

太郎　　［声音］等一下。

遥子　　［声音］好痛，你放开我。

太郎　　［声音］遥。

遥子　　［声音］放开我。

关门的声音。

太郎　　［声音］……哈！［叹气］

照男　　［声音］哎，没关系吗？

太郎　　［声音］……算了，我得去跟专务打个招呼。

照男　　［声音］还打什么招呼啊。

太郎　　［声音］……

照男　　［声音］哎，怎么了？

太郎　　［声音］啊，没事。

另一边，此时舞台上的田之浦又开始眼泛泪花。

田之浦　……

太郎走到玄关之后，田之浦留在了舞台上。
和美从舞台下场口上场。

和美　　哎，大家都去哪儿了？

和美看向田之浦。

和美　　[嗯？]……啊，怎么又哭了？
田之浦　啊，没什么。
和美　　[笑]你明明在哭呀，不是吗。

太郎和照男二人从玄关处返回舞台。

照男　　嗯。
和美　　啊。
照男　　你在笑什么？
和美　　嗯。啊。没有……[看着儿子和太郎]哎，怎么了？
照男　　啊，遥子小姐，刚刚回去了。
和美　　哎。是嘛。

照男　嗯。让我代她跟你们夫妇打声招呼。

和美　啊，是吗。直接跟我们说不就好了嘛。

太郎　真的抱歉啊。

和美　没事。不用在意，没关系的。

太郎　不好意思。

和美　……啊，那个……哦，对了。雅人先生好像没事了。

和美因为在面前哭泣的田之浦而一时间把雅人的事给忘了。

照男
＋
太郎　啊，是吗？
　　　　啊。

和美　嗯，在喝酒呢。齐藤先生，您也来陪陪他吧。

太郎　噢，好的。

和美　我也想跟您聊一聊宣传册的事情。

太郎　啊。

和美　田之浦先生也……咦，还在哭，这次又是因为什么事？

田之浦　没有没有，没什么。

和美　真的？

田之浦　真的没什么，那个，但是我差不多也该回去了。

和美　是吗？

田之浦　对，我这就告辞了。

和美　　哎，就走了吗。

田之浦　不好意思了。

和美　　但是，好像齐藤先生还有话想跟你说。

田之浦　啊，那么，我去跟他打个招呼。

和美　　嗯。

田之浦　[转向照男和齐藤]啊，那个，那我今天就到这里了，谢谢两位。

太郎
+　　　啊，好。
照男　　好的。

田之浦　……那个。

和美　　嗯？

田之浦　那个。刚才的事该怎么理解才好呢，您能告诉我吗？

田之浦说话时，宗之上场。

宗之　　啊。

和美　　啊，现在。

宗之　　嗯。去年在箱根拍的照片，放哪儿去了？

和美　　箱根的照片？在客厅呀。

宗之　　没找到啊。咦？[转向太郎]遥子小姐呢？

太郎　啊，不好意思，她先回去了。

宗之　啊。

太郎　不好意思啊，我让她跟专务您打声招呼再走，好像有什么急事。

宗之　啊，是嘛！什么嘛（遗憾）。

太郎　实在抱歉，招呼也没打。

和美　对吧，很遗憾呢。

宗之　嗯，确实感觉是有急事吧。

太郎　嗯。是的。

宗之　这样啊……嗯。

田之浦　那个，我也差不多该告辞了。

宗之　要走了？

田之浦　嗯。

宗之　啊，是吗？

田之浦　嗯。今天多谢您的款待。真的谢谢您。

宗之　不过，好像，刚刚齐藤先生说要跟你说什么。

田之浦　啊，好。那我去看看他。

说着，便走进了里屋。

宗之　啊……嗯。不过，也是，遥子小姐……好不容易那么。

和美　　好不容易什么？

宗之　　啊，不。没什么啊……但是真的很突然。

太郎　　嗯，真是对不起。那个，等下次，我们改日再来登门致歉。

宗之　　不用不用，不用这么客气。
＋
和美　　没关系的。

宗之　　啊，不过，也是……的确，怎么说，有急事嘛。

太郎　　啊。是啊。

宗之　　对吧。

和美　　不见得。要是真有急事的话，怎么能喝下三杯格拉帕呢。某人暴露了本性，让人家感到危险了。

和美说着，消失在了舞台下场口。

照男　　［噗］哎。

宗之　　什么啊，乱说。

和美　　你过来帮我一下。

宗之看了照男一眼，边说边去追妻子。

宗之　　啊。那个。照片别找了。

和美　　［声音］什么？

宗之 ［声音］就是去箱根拍的那个。

和美 ［声音］啊，反正是你获奖的照片，就是想拿来炫耀吧。

宗之 ［声音］才不是呢！

停顿。舞台上只留下了照男和太郎。

照男 那个。我说呀。

太郎 嗯？

照男 那个，我想跟你点事儿。

太郎 嗯。

照男 ……那个……

太郎 怎么？

照男 那个……我和遥子小姐之间什么都没发生过。真的。

太郎 嗯。这个，我知道。嗯，不过，一开始我也怀疑过。

照男 啊，是嘛。

太郎 嗯，那是，果然。

照男 嗯，也是呀。

太郎 是的。

照男 啊，不过，太好了。您不多想就好。

太郎	嗯,彻底没事了。我现在已经完全不怀疑你俩了。
照男	啊,那太好了……怎么说呢,刚才我也有点懵。
太郎	哎!
照男	嗯,遥子小姐,刚才。
太郎	啊。
照男	亲了我,怎么说。
太郎	啊。嗯。
照男	嗯……她为什么那样做,说实话我也不太清楚。
太郎	嗯,我猜也是。
照男	嗯……那是什么意思呢?
太郎	啊,我也不知道。可能是,怎么说呢,是对我的嘲讽吧。
照男	嘲讽……哎,为什么?那个。你们相处得不好吗?
太郎	啊。
照男	你们两位?
太郎	这,哎。是……哈,可能是压力太大吧,本来今天来这里她就一直在闹脾气。啊,真结实啊,这肌肉。

太郎摸着照男的手臂。

照男 哎，什么？

太郎 哎呀哎呀，真好，真的，这手臂。

照男 哎？

太郎 看，这么有弹性。

照男 不不不，我呀，还是有点那个，还完全不够格。

太郎 你说什么呢。

照男 嗯？

太郎 你说什么呢，你看，用力点的话，这儿已经，会抽动了。

照男 啊，你别捏，很痛啊。

太郎 嗯。嗯。但是那个，今天，你看手臂的话题，大家讨论了好久不是吗。

照男 啊，嗯。

太郎 但是，我啊，那个，从刚刚看到照男的时候，就一直觉得要是说手臂的话，毫无疑问，照男你的手臂在我看来是最棒的。

照男 不不不，哪有哪有，实际上遥子小姐的手臂才是最漂亮的。

太郎 不不不，遥子呢，她是……怎么说呢……她就是白了一些。

照男 啊，但是我，哎要是这么说的话，那齐藤先生你也让我看看你的手臂啊。

太郎   我的？

照男   嗯。

太郎   啊，好啊。［太郎脱掉外套，正要脱衬衫时］

照男   啊。啊，可以了可以了。

太郎   不行，我没关系的。

照男   别别别，在这里脱的话不太好。

太郎   哎，是吗。

照男   嗯。

太郎   但我还是想让你看一下啊。

照男   不，我已经看得很清楚了。看清楚了所以那么说的。

太郎   算了，那，那就下次吧。

照男   嗯。哎，不过，总而言之，我的手臂也没什么好看的，（太郎：嗯）不值得齐藤先生这样夸奖，倒不如说我该像齐藤先生一样多锻炼身体才是。

太郎   ［打断照男］啊，等一下，啊，果然。

太郎闻照男手臂上的味道。

照男   啊！

太郎   嗯，味道也很好闻。嗯。怎么说呢，有种橄榄油的香味。嗯。［努力闻］

照男　啊！

太郎　就是这个，这个……嗯。这边也是？……啊，也是橄榄油……啊。

太郎亲了照男。

太郎　啊，抱歉。

照男　……啊。这里不行，真的太危险了。

太郎　哎呀。啊，真是抱歉。

照男　要换个地方吗？

太郎　哎，现在？

照男　嗯。因为……当然是现在吧？果然还是现在！

太郎　那，换个地方，哪里？……［小声］去宾馆？

照男　不不不，那边。上面。

太郎　啊，那个，还是那间书房？

照男　［笑］怎么可能。是我的卧室啦。（太郎：啊）离客厅最远的地方。

太郎　啊，这样啊。

照男　嗯。

太郎　去你房间，对吧？

照男　嗯。那个，我先去，我想稍微收拾一下。

太郎　不用啦，不用收拾。

照男 不，等等，你等我一下，啊，那要不然你先去淋浴吧。

太郎 淋浴？

照男 嗯。走廊最里面。

太郎 哎，没关系吗？

照男点了点头，走上楼去。
太郎正要上楼时，又折了回去，拿起桌上的格拉帕一饮而尽，咽下后，发出一声不明所以的怪叫。

太郎 哈哈哈。……好！

说完便要上楼，和美在舞台上场口［手拿宣传册］。

和美 怎么了？

太郎 啊！

和美 怎么啦？

太郎 没什么……啊。刚刚狗叫了几声。

和美 狗？

太郎整理好凌乱的衬衫。

太郎　啊不。我也不太清楚。真是抱歉，刚刚我又喝了点酒，就稍微有点，感觉有点……

和美　感觉……兴奋起来了？

和美脱下披肩，露出双肩。

太郎　啊，是的。
和美　照男呢？
太郎　啊，那个。好像去哪了……
和美　是嘛。
和美　[笑着]那个。刚刚我也有一些……
太郎　什么？
和美　被你，就是……
太郎　什么。
和美　在这儿，就快要被你袭击的时候。
太郎　啊。
和美　我当时真的很兴奋。
太郎　不不不，那，不能算是硬来什么的。
和美　嗯（否定）。
太郎　那是，那是因为，那个……遥，我夫人格外纠结这事。
和美　哎？被遥子小姐说了，所以你才袭击了我吗？

太郎	不不，什么叫袭击呀。可是夫人您也说，您讨厌给别人看。
和美	别夫人夫人的，叫我和美，和美和美。
太郎	哎。
和美	和美。
太郎	啊，和美小姐。
和美	……现在啊，那边，田之浦先生还在说那些难懂的话，啊，他不是说他要回去了嘛。
太郎	嗯。
和美	可是，他又开始说那些让人听不懂的话了。
太郎	是嘛。
和美	嗯。刚才，我一直在想，刚才，想那样继续被太郎你，就是，想象着在大家面前，像那样继续被太郎袭击的自己。
太郎	啊……是嘛。
和美	所以田之浦先生刚才问我"和美小姐，你是怎么认为的？"我完全没有在听，所以，刚才，可困扰了呢。[笑]
太郎	啊。

和美想要亲太郎。

这时从里屋传来隐约的笑声（宗之、田之浦、雅人）。

和美　啊，对不起，那个……这是去年的。[拿出宣传册]

太郎　啊，这个啊。花会的。

和美　嗯。

太郎　那个。那具体的内容怎么办呢。那个……那我们之后再……

和美　嗯。今天太晚了，我们改天再找个地方。

太郎　啊，是的。

和美　明天怎么样？

太郎　啊，明天？

和美　嗯。可以边吃午饭边谈。

太郎　嗯。

和美　那么，去西麻布之类的。

太郎　好，我知道了。

和美　稍后发邮件给你。

太郎　嗯，好……明白。

和美　……噢，我想起来了。

太郎　什么？

和美牵起太郎的手。

和美　　能把手指伸出来吗？
太郎　　哎？
和美　　手指。对，这样。
太郎　　啊。

和美舔了太郎的食指，把太郎的手指放进了自己的乳沟。

太郎　　啊。
和美　　刚才我听到你说什么了。
太郎　　哎。啊，刚才的。哈哈哈。
和美　　是吧。

和美打算进屋。

和美　　明天中午，有一家包厢很不错的店哦。

太郎没动。

和美　　哎。我们去吧。
太郎　　啊。
和美　　嗯？
太郎　　啊……想拜托您一件事。

和美　嗯？

太郎　那个。啊，能让我借用一下浴室吗。

和美　浴室。啊，现在？

太郎　嗯，刚刚照男先生说可以用，还有，刚才跳舞的时候出了点汗，想稍微冲一下。

和美　[撞上台词]啊，用吧用吧。这边请。

太郎　啊。

和美　更换的衣服呢？照男的衣服倒是有不少。

太郎　啊，没关系。

和美　那帮你拿毛巾，其他还需要吗？

太郎　啊，好。谢谢。

和美　果然还是今治的毛巾最好用呢。

太郎　是啊。

和美　这边请。

[译者注：今治毛巾创立于日本四国地区爱媛县北部，有着120年的历史。今治有丰富的优质软水，重金属少，硬度低，适于晒和染。通过使用这种软水进行晒制，能使纤维产生亲和性，从而制造出纤细且柔软的手感和鲜明的颜色。今治作为日本国内规模最大的毛巾产地，巧妙地融合了传统制造技术和最新技术，以重视使用舒适度为理念，提供了丰富的毛巾用品。]

太郎　啊，谢谢。

和美和太郎上楼，舞台上暂时空无一人。
此时，宗之和田之浦抱着雅人。

田之浦　没事吧。
雅人　我没事。
宗之　要找个地方坐下来吗？
雅人　最好是，空气流通的地方。
宗之　那就坐那儿吧。

雅人呼吸粗重，踉踉跄跄地走着，一屁股坐到了沙发上。

雅人　啊……啊。不过，已经……已经好多了。
田之浦　真的吗？

雅人依旧呼吸粗重。

宗之　果然还是酒的原因才变成这样的吧。
田之浦　是啊。还吃了肉和油炸的东西。
雅人　不。不过，肚子虽然没事……只是觉得很热。

和美下楼梯。

和美　　哎呀!
田之浦　啊。
和美　　哎,来这边了?
雅人　　嗯。
宗之　　刚刚突然又严重起来了。
和美　　哎。但是刚才明明还好好的呀。
宗之　　嗯。就在刚刚,突然。
和美　　哎?
雅人　　啊,不过,我已经没事了。
和美　　没事?真的?
雅人　　嗯。我突然觉得特别热……不过,到这边来,一下子舒服多了。
宗之　　是吗?
雅人　　嗯。啊,大家也坐吧。感觉就跟病房一样。
宗之　　哈哈哈。
田之浦　不过齐藤先生真坚强啊。厉害厉害。

三人坐下。

雅人　　不不……不过,这里很凉快,真是舒服了很多。

宗之　啊,是吗?
＋
田之浦　是吗?

雅人　嗯。不好意思。我已经完全好了,又精神了。

宗之　嗯。

和美　但,脸色还是惨白惨白的……要不还是去趟医院吧,找家急诊医院。

雅人　不不不,真不用这么麻烦,我没事。像这样坐会儿就好了,也吃了药。

和美　真的?

雅人　嗯……但是,脸上没有一点儿血色吗?

宗之　嗯。

雅人　是我的妆掉了吧。

和美　妆?

田之浦　嗯。叫什么来着,粉底液。

雅人　对的。

和美　啊,这样啊。

雅人　嗯。

宗之　啊。

停顿。

雅人　不过,果然还是……和大家在一起的话,才会想吃想喝。

| 宗之
+
田之浦
+
和美 | 啊，这肯定的嘛
嗯。
嗯。 |

雅人　　那个，我想厚着脸皮拜托您。

宗之　　嗯。

雅人　　明年我的身体应该恢复得很好了，到时您还能再邀请我来吗？

| 宗之
+
和美 | 啊，肯定的。
嗯，当然了。 |

田之浦　啊，那我也要来打扰了。

和美　　田之浦先生不行哦。

田之浦　哎？

和美　　骗你的。

气氛和谐。

和美　　[转向雅人]明年还请您一定带着夫人一起来。

宗之　　对。

雅人　　那个，实际上我去年的时候就离婚了。

和美　　哎？

宗之　　啊，是嘛。

133

雅人　嗯。

田之浦　啊，刚才你好像说过。

雅人　对。

和美　我还不知道呢。

雅人　不好意思，错过了说的机会。

宗之　啊，这样啊。去年离的啊。

雅人　嗯。所以现在就算在路上遇到，我觉得她也认不出我来了。我说的是跟我离婚的前妻。

宗之　啊……不过，首先你们就不会在路上遇到吧。

雅人　……

和美　啊，那孩子呢？在你前妻那边？

雅人　嗯，她带走了。如果孩子也认不出我了，那可糟了。

和美　……是这样啊。

雅人　嗯，大概就是这样。呵呵。所以下次也是一个人来。

田之浦　……那个，那我今天就到这儿了。

和美　这里不冷吗？

宗之　嗯，有点儿。

雅人气息粗重。

宗之	回那边去吗?来来回回的。哈哈哈。
雅人	啊,不了不了,我就在这儿吧。这儿就行。
和美	啊,需要盖些什么吗?
宗之	嗯。
和美	啊,要是行的话,今天就住一晚吧。
雅人	不不不,这怎么行。
和美	完全没关系的。

和美要走。

田之浦	啊。那个。那我就先告辞了。
宗之 + 和美	好! 啊,是吗?
田之浦	嗯。齐藤先生。那我就先走一步了。
雅人	好。
田之浦	今天真的玩得很开心。
雅人	嗯,我也是。下次再会。等下次再见的时候……那个,和这次反过来,说不定又胖回去了。
田之浦	啊,又胖回去的话,下次又认不出来了。

一片和谐的笑声。但是雅人没说话。

田之浦　那我就先走了。再见。

宗之　嗯。

田之浦　咦——那个，齐藤先生呢？

雅人
　+　　我？
和美　啊。

田之浦　不是。

宗之　那位。

和美　啊，现在在洗澡呢。

田之浦　哈。

宗之　啊，是吗？

和美　好像是出汗了什么的。你要等他吗？

田之浦　啊，不用不用。

和美　啊，不过，反正都要叫出租车。

田之浦　噢。不用了，不用了，我想走一走。

宗之　是吗？

和美　哎，不过。

三人向上场口玄关处走去。

田之浦　啊，就送到这儿吧，真是麻烦你们了。

宗之　啊。别客气。

和美　[自言自语]啊，毯子……啊，那田之浦先生，

　　　　　下次见。［向下场口楼梯处走去］

田之浦　啊，那我就告辞了。

和美　嗯。等下次，再给我们聊一聊有趣的事。

田之浦　好的。

和美　下次带女朋友一起来。

田之浦　啊。好。

宗之　啊，对了对了，前段时间，须藤先生呀。

说这句台词的同时，玄关处传来了门铃声。

和美　嗯？

宗之　什么啊，都这么晚了。

和美　就是啊，谁啊。

和美返回，追上二人后，三人下场。

楼上传来照男隐隐约约的笑声。隐隐约约有淋浴的声音。

太郎　什么嘛，你已经……

照男　哎？因为……

门铃声。

另一边，从玄关处传来声音。

宗之　　［声音］啊，没事。把门打开好了。［大概和美正要去打开可视对讲机］

和美　　［声音］直接开门没关系吗？

轻微的开门声。

宗之　　［声音］咦？

田之浦　［声音］啊。

遥子　　［声音］不好意思。抱歉。

和美　　［声音］怎么了？遥子小姐。

遥子　　［声音］抱歉，我好像把手机忘了。

宗之　　［声音］噢，手机呀。

遥子　　［声音］嗯，是的。

田之浦　［声音］哎，走到哪里了都，刚才。

遥子　　［声音］啊，我好不容易打到车了，坐上去才发现手机没带。

田之浦　［声音］啊。

遥子　　［声音］嗯。

田之浦　［声音］哎，从这儿走的时候带着吗？

遥子　　［声音］不，我不记得了……那个，能让我进去找找吗？

宗之　　［声音］啊，请进请进，当然可以。

和美　　[声音]啊，那应该不在衣柜里。
宗之　　[声音]是呀。
田之浦　[声音]这种情况下，肯定记不得了……我知道了。你得回想起来最后一次看见手机是在什么时候。

遥子和宗之一边说话，一边走上了舞台。

遥子　　但是我也没放在衣服里啊……那个，我丈夫呢？
宗之　　啊，现在好像在洗澡。
遥子　　洗澡？
宗之　　嗯，现在。
遥子　　咦，为什么？
田之浦　[同时]啊，是不是这个啊？
宗之　　啊，找到了？[走向墙后面里间的房间。]
遥子　　啊。

两人也走进了里面的房间。

宗之　　[声音]什么啊，这是我的。
田之浦　[声音]啊，是吗。不好意思。

宗之　［声音］嗯。啊，是不是在那儿啊。厨房？

田之浦　［声音］噢。对了，我知道了。在那边，那个房间。

遥子出现。

遥子　　［自言自语］果然不在这边啊。

遥子注意到了雅人。

遥子　　啊……齐藤先生？

遥子以为雅人睡着了，随即在他旁边找起手机来。

田之浦　［声音］咦？沙发也没有啊……也就是说。

手机还放在那里，就像第一幕开始时那样。

遥子　　啊，找到了，找到了。不好意思，找到了……

雅人已死。

遥子　齐藤先生……齐藤先生？……［震惊］哈！

和美说着话上场。

和美　没有啊……这边有吗？

与此同时，楼上，太郎赤身裸体湿淋淋的，和照男一路嬉戏追逐至舞池。

太郎　这家伙，真拿你没办法。
照男　不是不是不是。
太郎　你刚刚就是犯规。
照男　说什么呢，明明是你先开始的。

太郎和照男两个人激吻在一起。

图书在版编目（CIP）数据

特鲁瓦格罗 /（日）山内健司著；韩冰如译. -- 上海：上海文艺出版社, 2021
ISBN 978-7-5321-7830-8
Ⅰ.①特… Ⅱ.①山…②韩… Ⅲ.①话剧剧本－作品集－日本－现代
Ⅳ.①I313.35
中国版本图书馆CIP数据核字(2020)第235294号

TROISGROS

Copyright © 2015 by Kenji Yamauchi

Chinese translation rights in simplified characters arranged with

HAKUSUISHA PUBLISHING CO.,LTD. through Japan UNI Agency, Inc., Tokyo

著作权合同登记图字：09-2019-891号

发 行 人：毕　胜
责任编辑：冯　凌
封面设计：赵晓音

书　　　名：特鲁瓦格罗
作　　　者：（日）山内健司
译　　　者：韩冰如
出　　　版：上海世纪出版集团　上海文艺出版社
地　　　址：上海市绍兴路7号　200020
发　　　行：上海文艺出版社发行中心
　　　　　　上海市绍兴路50号　200020　www.ewen.co
印　　　刷：苏州市越洋印刷有限公司
开　　　本：787×1092　1/32
印　　　张：4.625
插　　　页：4
字　　　数：81,000
印　　　次：2021年1月第1版　2021年1月第1次印刷
I S B N：978-7-5321-7830-8/I.6212
定　　　价：49.00元
告 读 者：如发现本书有质量问题请与印刷厂质量科联系　T:0512-68180628